D1828255

Ursula Wolter • Der Lauf seines Lebens

Für Thomas ...

Zur Erinnerung an
den Hannover-
Halbmarathon
am 08. Mai 2011

Ursula Wolter

Über die Autorin:

Ursula Wolter, 1966 in Hannover geboren, ist Ärztin für Allgemeinmedizin und lebt mit ihrem Mann und zwei Kindern in Salzgitter. Ihre schriftstellerische Laufbahn begann 2005 mit dem Jugendbuch „Timona", das 2008 mit der Kalbacher Klapperschlange ausgezeichnet wurde.
Weitere Werke: „Das abenteuerliche Leben des Drachen Meris" (Jugendbuch), „Wohin die Wolken ziehen" (Roman).

Ursula Wolter

Der Lauf seines Lebens

1-2-Buch

Wolter, Ursula: Der Lauf seines Lebens
Salzgitter, Februar 2011

Ursula Wolter
Paschkeweg 10 b
38228 Salzgitter

Titelbild:
PantherMedia / Diana Kosaric

Foto der Autorin:
Anne-Sophie Wittwer

Ein Titeldatensatz für diese Publikation
ist bei der Deutschen Nationalbibliothek erhältlich

Erstauflage
Herstellung: 1-2-Buch, 27432 Ebersdorf, Deutschland

ISBN: 978-3-942594-01-1

Wie lange gilt es durchzuhalten, um ein Ziel zu erreichen?

Wann ist der Preis zu hoch, den man dafür zahlen muss?

Wann ist es besser aufzugeben?

Acht Uhr sechsundvierzig.
Je häufiger Gerrit zur Uhr schaut, umso langsamer scheint die Zeit zu vergehen. Er versucht, die Zeit hereinzulegen, indem er absichtlich nicht hinsieht und sich auf etwas anderes konzentriert, auf irgendeinen Gedanken zum Beispiel oder auf die Beobachtung seiner Umgebung. Doch es ist fast unmöglich: Wie von selbst wandert sein Blick abwechselnd zu der Sportuhr an seinem linken Handgelenk und der digitalen Stoppuhr über der Startlinie. Dort läuft der Countdown. Noch dreizehn Minuten und dreißig Sekunden … zwanzig Sekunden … zehn Sekunden …
Acht Uhr siebenundvierzig.
Gerrit seufzt auf und weiß selbst nicht, ob vor Erleichterung oder vor Qual. Dann bindet er zum dritten Mal die Schnürsenkel seiner Laufschuhe – diesmal, weil er plötzlich das Gefühl hatte, den linken Schuh zu fest geschnürt zu haben.
„Entschuldigen Sie … Ist hier das Startfeld für vier Stunden?"
Gerrit blickt auf und braucht ein paar Sekunden, um zu begreifen, dass die Frage an ihn gerichtet war. Vor ihm steht ein schlaksiger junger Mann in einem blaugrau

geringelten Sweatshirt und einer viel zu weiten Jogginghose und sieht ihn fragend an.
„Nein. Sie müssen sich weiter hinten einordnen." Gerrit deutet in die Richtung und denkt: Hat der keine Augen im Kopf?
Die Startbereiche für die verschiedenen Zielzeiten sind deutlich gekennzeichnet. Außerdem stehen Zugläufer mit dicken, bunten Luftballons in der Menge; die Zielzeit ist mit Edding darauf notiert.
„Weiter hinten …Ach so. Danke." Der andere will sich schon abwenden, da bleibt sein Blick an Gerrits Trinkgürtel hängen. „Ist der Gürtel gut? Ich habe mir vor ein paar Tagen denselben gekauft. Damit ich heute meine eigenen Getränke dabei haben kann."
„Ich komme ganz gut damit klar", erklärt Gerrit knapp. Wie kann der Junge mit nagelneuer und noch nicht getesteter Ausrüstung an einem Wettkampf teilnehmen! Noch dazu in völlig ungeeigneten Klamotten. Anfänger. Die vier Stunden kann der wahrscheinlich vergessen.
Der andere macht ein Gesicht, als wollte er noch etwas fragen, doch dann wünscht er Gerrit nur viel Glück und geht. Gerrit atmet auf. Er will sich auf den Start konzentrieren und keine Plauderstunde halten.
Immerhin sind zwei Minuten vergangen.
Gerrit überprüft, ob der Gürtel mit seinen vier Trinkflaschen richtig sitzt. Bis vor zwei Wochen hat er immer wieder hin und her überlegt, ob er ihn überhaupt tragen

sollte. Man kann seine eigenen Getränke auch an den Versorgungspunkten hinterlegen, dann muss man sie nicht den ganzen Weg mitschleppen. Aber ihn schreckt die Vorstellung, an den Versorgungspunkten vielleicht danach suchen zu müssen. Wer weiß, was dort für ein Durcheinander herrscht. Und was wäre, wenn es zu Verwechslungen käme? Also ist er lieber auf Nummer Sicher gegangen und hat in letzter Zeit immer mit dem Trinkgürtel trainiert. Auch bei seinem Dreißig-Kilometer-Lauf hatte er ihn natürlich dabei. Und überhaupt, denkt er nun, ist es besser, von den Versorgungspunkten unabhängig zu sein.
Jetzt sitzt der rechte Schuh nicht richtig. Gerrit bindet ihn erneut und überprüft, ob der Chip für die elektronische Zeiterfassung gut befestigt ist.
Acht Uhr fünfzig.
Nur noch zehn Minuten bis zum Start. Eine Welle der Aufregung überflutet Gerrit, packt ihn, lässt ihn erschauern, wühlt in seinen Eingeweiden ...So geht es ihm schon seit Tagen: Die innere Erregung kommt und geht in Wellen – aber dieses Mal ist sie stärker als zuvor. Nur noch zehn Minuten trennen ihn von dem Augenblick, auf den er monatelang gewartet, für den er hart trainiert und auf den hin er gelebt hat, ohne wirklich zu begreifen, dass es eines Tages tatsächlich soweit sein könnte.

Und nun ist es doch soweit: Er wird zum ersten Mal in seinem Leben Marathon laufen. Und er wird ihn durchhalten, wird laufend das Ziel erreichen – in drei Stunden fünfundvierzig Minuten, das hat er sich vorgenommen. Vielleicht, wenn er richtig gut drauf ist, könnte er es sogar schneller schaffen.

Halt, nun mal keine Höhenflüge, ermahnt er sich. Du läufst langsam los. Nur nicht vom eigenen Ehrgeiz oder dem Gedrängel der anderen Läufer am Start mitreißen lassen. Lieber langsam beginnen und den eigenen Rhythmus finden.

Acht Uhr einundfünfzig.

Noch neun Minuten. Inzwischen stehen die Läufer dicht an dicht – und hinter der Absperrung drängen sich die Zuschauer. Gerrit beobachtet, wie sich sein Nebenmann mit einem endlosen Kuss von seiner Frau oder Freundin verabschiedet. Andere unterhalten sich noch über die Absperrung hinweg mit Freunden oder Angehörigen, und Gerrit hört aufmunternde Zurufe: „Du schaffst es“ … „Viel Glück“ … „Alles Gute“ … „Viel Spaß!“

„Euch auch viel Spaß“, ruft einer der Läufer aus der Menge vor Gerrit zurück und winkt. Er ist klein und drahtig und trägt ein T-Shirt in derart grellem Orange, dass es selbst in dieser bunten Menge auffällt. Mit seinem grauen Bürstenhaarschnitt kommt er Gerrit selt-

sam bekannt vor, er weiß bloß nicht woher, kann auch das Gesicht des anderen nicht sehen.
Der Läufer neben ihm bekommt nun liebevolle und aufmunternde Worte von seiner Partnerin zugeflüstert, jedenfalls nimmt Gerrit das an; sie halten einander an der Hand und sehen sich lächelnd in die Augen.
Auf einmal fühlt Gerrit sich einsam. Niemand ist gekommen, um ihm aufmunternde oder gar liebevolle Worte mit auf den Weg zu geben.
Selbst schuld, denkt er, du hättest doch auch jemandem Bescheid sagen können.
Natürlich fällt ihm sofort Tanja ein, obwohl der Gedanke völlig absurd ist. Wenn er vor einem Jahr schon gelaufen wäre, ja, dann wäre sie vielleicht mitgekommen. Vielleicht wäre sie sogar mit ihm zusammen gelaufen. Beim Training hat er sich manchmal vorgestellt, wie es gewesen wäre, aus dem Lauf eine gemeinsame Unternehmung zu machen. Sie hätten zu zweit trainieren und dabei über alles reden können, ganz in Ruhe und ohne gegenseitige Vorwürfe. Vielleicht wäre es der Beginn einer Versöhnung gewesen, ein gemeinsamer Neuanfang … Aber nun ist es zu spät. Nun muss er den Neuanfang allein machen. Und vielleicht, sagt er sich jetzt, ist das auch besser so. Vermutlich wäre ihre Beziehung nicht mehr zu retten gewesen, schon vor einem Jahr nicht – und jetzt sowieso nicht mehr. Wahrschein-

lich ist Tanja längst mit einem anderen Mann zusammen. Mit einem, der nicht ständig nur bei der Arbeit ist und der besser zu ihr passt.
Die Vorstellung schmerzt, auch wenn er sich hundertmal einzureden versucht, dass es besser so ist.
Der Läufer neben Gerrit und seine Partnerin umarmen sich schon wieder über die Absperrung hinweg. Gerrit zwingt sich, nicht mehr hinzusehen und überprüft stattdessen, ob seine Startnummer richtig sitzt. Er versetzt eine der Sicherheitsnadeln und merkt dabei, wie kalt und klamm seine Finger sind; ein bisschen zittrig sogar vor Aufregung. Er hat Schwierigkeiten, die Nadel wieder zu schließen. Seine Uhr zeigt acht Uhr vierundfünfzig.
Gerrit überlegt, wen er außer Tanja gern bei sich hätte. Aber ihm fällt niemand ein, den er hätte bitten können mitzukommen. Oder der einfach ganz von selbst mitgekommen wäre an den Start oder ans Ziel.
Egal. Gerrit sagt sich, dass er es so und nicht anders gewollt hat. Und überhaupt macht er den Lauf ja nur für sich selbst und nicht, um vor irgendjemandem anzugeben.
Er schreckt aus seinen Gedanken hoch, als die Musik plötzlich abbricht, die gerade noch aus zwei großen Lautsprechern rechts und links der Startlinie übertragen wurde; er hatte sie schon gar nicht mehr bewusst wahr-

genommen. Sein Blick fliegt automatisch zur Uhr: acht Uhr fünfundfünfzig. Im selben Augenblick ist ein lautes Knacken und ein übersteuertes Kreischen zu hören, dann dröhnt eine männliche Stimme in euphorischem Ton über das Startfeld hinweg: „Meine Damen und Herren, die Zeit läuft, die Spannung steigt: Noch fünf Minuten bis zum Start des Hannover-Marathons! In diesem Jahr hat die Anzahl der Teilnehmer alle Erwartungen übertroffen. Über tausendachthundert Läuferinnen und Läufer stehen vor dem Neuen Rathaus am Start und warten darauf, ihre Kraft und Ausdauer auf einer Strecke von exakt 42,195 Kilometern unter Beweis zu stellen. Die Stimmung ist phantastisch und das Wetter geradezu ideal ..."

Blablabla, denkt Gerrit, wen interessiert das Gerede? Es soll endlich losgehen! Stattdessen redet der Kerl ohne Punkt und Komma von Sportlern und Sponsoren, überbringt schöne Grüße vom Oberbürgermeister, lobt das Veranstaltungsteam und die Strecke und noch einmal das Wetter.

Das ist allerdings wirklich ideal, da hat der Mann recht. Es ist bedeckt, aber nicht regnerisch. Dreizehn Grad waren es, als Gerrit vor der Abfahrt aufs Thermometer gesehen hat, jetzt vielleicht fünfzehn oder sechzehn, jedenfalls eine gute Temperatur zum Laufen. Im Augenblick fröstelt er in seinem Funktionsshirt und der kurzen Hose, obwohl er sich vorhin warmgelaufen hat. Er hüpft ein wenig auf der Stelle, so wie es auch andere Läufer um ihn herum machen, um die Muskeln warm und geschmeidig zu halten und wohl auch, um der Aufregung kurz vor dem Start Herr zu werden. Gleich geht es wirklich los, kaum zu fassen.

Acht Uhr siebenundfünfzig. Nur noch drei Minuten!

Die Menge um Gerrit wird immer dichter. Sein Nebenmann hat sich von seiner Partnerin gelöst und macht ein konzentriertes Gesicht. Weiter vorn taucht ab und zu der kleine Orange mit dem grauen Bürstenschnitt aus dem Gewühl auf, der Gerrit vorhin schon aufgefallen ist. Woher kennt er ihn bloß? Er meint sich zu erinnern, dass es keine positive Begegnung war. Vielleicht ist er ein ehemaliger Kollege aus seiner Assistenzarztzeit in der Kinderklinik Am Berg, überlegt er, oder, noch davor, aus seiner Zeit in Ostfriesland. Jedenfalls löst das Auftauchen des Anderen ein beklemmendes Gefühl in ihm aus, ein Ziehen in der Magengegend. Aber vielleicht ist das auch nur die Aufregung.

Acht Uhr neunundfünfzig.

Gerrit starrt die Uhr an. Wo sind die letzten zwei Minuten geblieben? Hatte er einen Blackout? Etwa wegen des Bürstenschnitt-Typen? Ha, der kann ihm gestohlen bleiben. Er wird jetzt nicht an seine Assistenzarztzeit denken und erst recht nicht an die verkorkste Zeit danach, seine Oberarztzeit. Das hätte ja gerade noch gefehlt. Er wird sich jetzt voll und ganz auf seinen Lauf konzentrieren, auf den Start, auf …

„Meine Damen und Herren, es ist soweit“, tönt die Stimme aus dem Lautsprecher, und Gerrit fährt zusammen wie elektrisiert. „Der Countdown läuft! Zehn … neun … acht …“

Die Menge zählt mit, die Spannung wird unerträglich.

„Drei … zwei … eins …“ PENG. Das war der Startschuss. Los, los, los, denkt Gerrit. Jede Faser seines Körpers ist angespannt, doch es dauert noch endlose Sekunden, bis der Strom der Läufer langsam zu fließen beginnt und sich die Bewegung von vorn nach hinten fortpflanzt und endlich auch ihn ergreift.

Es ist neun Uhr, eine Minute und vierzig Sekunden, als Gerrit die Startlinie überquert. Im selben Moment setzt er seine Stoppuhr in Gang: Die Zeit läuft! Und er läuft seinem Ziel entgegen, umgeben von einer unfassbar großen Menge jubelnder Zuschauer und mittendrin in einem Menschenstrom, von dem er sich erfassen, mitziehen, davontragen lässt … In diesem Augenblick überflutet ihn ein überwältigendes, rauschartiges Glücksgefühl. Aufbruch. Neubeginn. Er ist unterwegs. Jetzt läuft er seinen Marathon. Und nichts wird ihn davon abhalten, sein Ziel zu erreichen.

Der Weg führt ein gutes Stück durch Hannovers Innenstadt: vom Friedrichswall auf die Lavesallee, vorbei an der Waterloosäule und dann Richtung Schützenplatz.
Gerrit sieht sich noch immer umgeben, ja, geradezu eingekesselt von anderen Läufern. Seinen Nebenmann vom Start hat er aus den Augen verloren. Der Läufer im leuchtend orangen Shirt ist jetzt hinter ihm; aus den Augenwinkeln hat er ihn gerade noch gesehen, als er ihn in der Menge überholt hat.
Umso besser, denkt Gerrit, wenn der aus meinem Blickfeld ist.
Er muss sich jetzt auf sich selbst konzentrieren.
Es ist schwer, in diesem Gewühl das richtige Tempo zu finden. Gerrit versucht, sich rechts an zwei jungen Frauen vorbei zu drängen, die sich beim Laufen unterhalten, kommt dabei einem glatzköpfigen älteren Mann in die Quere, entschuldigt sich, fällt zurück, versucht es von der anderen Seite noch einmal, lässt die beiden Läuferinnen und den Alten endlich hinter sich …
Ist er zu schnell? Zu langsam? Seine Selbsteinschätzung versagt. Er hat das erwartet, aber nicht geahnt, wie sehr es ihn verunsichern würde. Jetzt ärgert er sich über sich selbst, weil er das erste Kilometerschild übersehen hat und nun nicht seine Zeit kontrollieren kann. Nicht einmal seine Pulsuhr nützt ihm etwas: Sie zeigt einen schnelleren Herzschlag an als im Training. Eigentlich

müsste er deshalb sein Tempo drosseln. Andererseits kann die beschleunigte Herzfrequenz auch auf den Adrenalinstoß am Start zurückzuführen sein.
Nun mal ganz ruhig, ermahnt er sich, du wirst dein Tempo schon finden, wenn sich die Menge auseinanderzieht.
Trotzdem ärgert er sich noch immer, jetzt besonders über die anderen Läufer, die sich in derartigen Scharen genau seinen Marathon ebenfalls als Wettkampfstrecke ausgesucht haben.
Die Scharen bewegen sich derweil auf den Maschsee zu und biegen am Nordufer nach links ab. Gerrit versucht, die Kurve zu schneiden, überholt im Zickzack andere Läufer und schiebt sich dabei dicht an einer Frau mit einem buschigen, dunklen Pferdeschwanz vorbei. Er registriert runde Hüften und einen großen Busen. Die sieht nicht aus, als ob sie auch nur zehn Kilometer durchhält, denkt er, die kann ich sorglos überholen.
Eher macht er sich nun Sorgen, in das breite Feld der Freizeitläufer geraten zu sein, die sich mit einem Marathon doch etwas zu viel vorgenommen haben. Er beschleunigt sein Tempo – und merkt einige Minuten später, dass er zu schnell ist; er hat nämlich gerade einen Zugläufer überholt. Der trägt ein schwarzes Funktionsshirt mit leuchtendgelbem Aufdruck „Pacemaker" und einen großen, blauen, Helium gefüllten Luftballon

mit der Aufschrift „3:30". Gerrit lässt sich langsam wieder zurückfallen und bleibt hinter dem Mann.

Eigentlich wollte er seinen Lauf allein machen und sich nicht an einen Zugläufer hängen. Nun ist er aber doch froh, dass da jemand ist, der ein Tempo vorgibt. Nur dass das Tempo dieses Mannes auf Dauer eine Nummer zu hoch für ihn ist.

Trotzdem kämpft Gerrit ein paar Minuten lang mit der Versuchung, einfach bei der Gruppe um den Zugläufer für drei Stunden dreißig zu bleiben. Selbst dieses Tempo erscheint ihm gerade langsam; er hat das unangenehme Gefühl, abgebremst zu laufen und sein Potential gar nicht auszuschöpfen … Er könnte es vielleicht in drei Stunden dreißig schaffen, fühlt sich so fit wie noch nie in seinem Leben …

Doch dann siegt die Vernunft. Er lässt den Zugläufer und dessen Begleiter langsam Abstand gewinnen. Er wird sich an seinen Plan halten und auf keinen Fall den Marathonfehler Nummer eins begehen und die ersten Kilometer zu schnell zurücklegen. Er kontrolliert seinen Puls: Ja, nun liegt er halbwegs richtig, nur noch geringfügig über seinem Zielwert.

Gerrit atmet auf und hat erstmals einen Blick für seine Umgebung. Die Laufstrecke führt schnurgerade auf der Straße am Seeufer entlang, die heute für den Autoverkehr gesperrt ist. Zu seiner Rechten liegt zwischen zwei

Baumreihen ein breiter Fußweg. Ein paar Spaziergänger sind hier mit ihren Hunden unterwegs; wenige Zuschauer haben sich eingefunden, um den Lauf zu beobachten. Auf einer Bank sitzt ein alter Mann mit Blick zum See. Gerrit erspäht zwischen den Baumstämmen hindurch zwei Ruderboote und einen Segler. Sie ziehen silbergraue Wellenspuren hinter sich her. Das Wetter ist denkbar gut – noch immer bedeckt und trocken; was will man mehr?

Kurz darauf kommt Gerrit zum ersten Versorgungspunkt. Vier Kilometer hat er inzwischen zurückgelegt. Er entdeckt seinen Nebenmann vom Start wieder, der so liebevoll von seiner Partnerin verabschiedet wurde, und erstaunlicher Weise auch die Frau mit dem Pferdeschwanz. Sie haben ihr Tempo gedrosselt und lassen sich von den Helfern am Stand im Vorbeilaufen einen Trinkbecher reichen. Gerrit nickt ihnen kurz zu, als er sie überholt. Der Mann erkennt ihn wieder und grüßt zurück, die Frau nicht.

Gerrit zieht seinen Trinkgürtel zurecht und tastet nach seinen vier Flaschen. Er hat vor, alle fünf Kilometer eine halbe Flasche zu trinken und alle zehn Kilometer ein Päckchen Energie-Gel zu sich zu nehmen. Sollte sich herausstellen, dass das nicht reicht, wird er sich zwischendurch an einem der Versorgungspunkte bedienen.

Gerrit blickt sich kurz um, bevor die Laufstrecke hinter dem Getränkestand eine weite Linkskurve beschreibt. Die bunte Menge der Läufer hat sich inzwischen auseinandergezogen, ist aber immer noch recht dicht. Der Mann mit dem grauen Bürstenhaarschnitt muss irgendwo dort hinter ihm geblieben sein; Gerrit hätte sein knallorangeѕ Shirt bestimmt nicht übersehen, wenn der ihn wieder eingeholt hätte.
Inzwischen ist er sich fast sicher, dass die Begegnung mit ihm entweder doch schon länger zurückliegt oder nur sehr flüchtig war; vermutlich kannte er ihn aus dem Studium vom Sehen. Bestimmt war es so. Gerrit ärgert sich, dass er sich überhaupt Gedanken darüber gemacht und Unangenehmes in ein völlig belangloses Wiedersehen hineingedeutet hat.

Einen Kilometer später ist das südliche Ende des Maschsees erreicht. Die Marathonstrecke führt geradeaus unter der Eisenbahnlinie hindurch. Gerrit zieht wie geplant seine erste Trinkflasche hervor und genehmigt sich seinen Elektrolyttrunk. Dieses Mal hat er nicht vergessen, auf seine Stoppuhr zu sehen, als er am Kilometerschild vorbeigelaufen ist. Fünfundzwanzig Minuten, neunzehn Sekunden.
Erst als er seine Trinkflasche wieder zurückgesteckt hat, wird ihm klar, dass er viel zu schnell ist. Er wollte die

fünf Kilometer in knapp siebenundzwanzig Minuten zurücklegen, genaugenommen in sechsundzwanzig Minuten und sechsundfünfzig Sekunden; die Zahl kennt er auswendig; nur vorsichtshalber sieht er auf dem Merkzettel nach, den er an seine Startnummer geheftet hat.
Also doch Marathonfehler Nummer eins: zu schnell gestartet. Na, macht nichts. Inzwischen fühlt er sich entspannt; der Lauf entwickelt sich gut, er hat das Gefühl, seinen Rhythmus gefunden zu haben, hat die Zeitdifferenz noch früh genug aufgespürt, um gegensteuern zu können. Nun läuft er eben etwas langsamer – und wer weiß, wofür der schnelle Beginn gut war. Vielleicht, vielleicht kann er's ja in drei Stunden fünfunddreißig schaffen oder in drei Stunden vierzig, das wäre sicher möglich.
Eine Zeitlang rechnet Gerrit mit Sekunden, Minuten und Kilometern herum, dann gleitet er ab in Gedanken und Träumereien, malt sich den weiteren Verlauf seines Marathons aus, stellt sich den Zieleinlauf vor und wird dabei eins mit sich selbst, mit der Straße und mit seiner Umgebung. Die hat sich inzwischen vollständig gewandelt: Das großstädtische Bild mit dem Ausflugsgebiet um den Maschsee ist einer halb verwilderten Landschaft mit Wiesen, Büschen und Bäumen gewichen. Der Laufweg ist schmal, und zu seiner Linken liegt ein weites Feld. Nur ein Hochhaus und drei rotbraune Türme

in der Ferne erinnern an die Nähe zur Innenstadt.
Gerrit atmet tief durch. Nun läuft es endlich wie von selbst. Gedanken kommen und gehen im rhythmischen Fluss seiner Bewegung ... Er läuft und läuft, ohne es zu merken.
Das mochte er schon immer: dieses Verschmelzen von Körper und Geist, das Dahingleiten der Gedanken, das innerliche Freiwerden von Alltagssorgen und quälenden Grübeleien ... Schon früher, als er nur gelegentlich in seiner Freizeit gelaufen ist, hat er es als wohltuend empfunden, auf diese Weise abschalten zu können. Es ist, als ob der Wind beim Laufen den Schädel durchpustet und von überflüssigem Gedankenballast befreit. Das hat er oft gedacht – und nicht selten sind ihm beim Laufen plötzlich neue, gute Ideen gekommen, zum Beispiel auch für die Behandlung seiner kleinen Patienten. Manchmal hat er beim Laufen die richtigen Gedanken und Worte für ein Gespräch mit den Eltern schwerkranker Kinder gefunden, das am Folgetag bevorstand. Und oft konnte er auch einfach nur alles Belastende, das sein Beruf mit sich brachte, für eine Weile vergessen und neue Kraft tanken.
Das war in seinen guten Jahren, in seiner Anfangszeit als Assistenzarzt, als er sein lang ersehntes Berufsziel endlich erreicht hatte und mit Begeisterung und unermüdlichem Einsatz dabei war.

Lang ist's her, denkt Gerrit und wartet auf das Gefühl der Bitterkeit, das sich bei derartigen Gedanken sonst sogleich einstellt und ihm seine Erinnerungen vergällt. Erstaunlicherweise lässt sich die Bitterkeit heute Zeit – vielleicht weil er sich gerade leicht fühlt beim Laufen, weil die Umgebung schön ist und die Luft nach Frühling riecht und nach Neubeginn. Und weil dies alles ähnliche Gefühle in ihm weckt wie damals, als er am Anfang seiner Karriere stand und glaubte, unzählige Möglichkeiten zur Entwicklung und Entfaltung vor sich zu haben. Voller Energie und Tatendrang war er zu jener Zeit, beschwingt und beseelt von der Gewissheit, seinen Platz gefunden zu haben und in der Welt etwas leisten und bewegen zu können. Die Medizin war seine Leidenschaft, die Klinik sein Zuhause, seine Kolleginnen und Kollegen wie eine Familie – und die kranken Kinder, die er zu versorgen hatte, wuchsen ihm ans Herz. Sogar mit schwierigen Eltern kam er gut zurecht.
Als er Tanja kennenlernte, die in derselben Klinik als Krankengymnastin angestellt war, schien sein Glück vollkommen. Es war eine gute Zeit damals, vielleicht seine beste überhaupt.
Es tut weh, über bessere Zeiten nachzudenken – und nun überschwemmt die Bitterkeit ihn doch: Als ob er etwas hätte bewegen und die Welt verändern können! Als ob es für ihn Entfaltungs- und Entwicklungsmög-

lichkeiten gegeben hätte. Wie naiv er doch war. Weltenretter-Fantasien ...! Einfach lächerlich.

Gerrit schrickt zusammen. Hat er eben laut aufgelacht? Er sieht sich um, aber zum Glück ist gerade niemand in seiner unmittelbaren Nähe. Hinter ihm sind einige Läufer in Sicht. Die nächsten vor ihm sind knapp zwanzig Meter entfernt: zwei Männer und eine Frau in gleichartigen blauen T-Shirts; er verliert sie kurz darauf wieder aus den Augen, als sie in einer Straßenbiegung hinter einem Gebäude verschwinden.

Die Umgebung wird nun wieder städtischer; er läuft durch ein Gewerbegebiet und weiß aus der Streckenbeschreibung, dass es nun auf die Hildesheimer Straße zugeht, die fünf Kilometer lang geradeaus wieder in die Stadtmitte führt – kein besonders schöner Streckenabschnitt. Da ist es umso wichtiger, seine Gedanken zusammenzuhalten und sich auf den Lauf zu konzentrieren.

Gerrit versucht es, korrigiert seine Körperhaltung, lauscht auf seinen Atem, hört seine Schritte auf dem Asphalt – und das rhythmische Gluckern in seiner halbleeren Flasche, das er bis jetzt gar nicht wahrgenommen hat. Nun stört es ihn plötzlich.

Wel-ten-ret-ter, Wel-ten-ret-ter. Das Wort lässt ihn nicht los, ätzt sich in seine Gedanken ein und begleitet seine Schritte und das Gluckern seines Elektrolytgetränks auf nervtötende Weise bis zur Hildesheimer Straße. Dort geht es großstädtisch und laut zu. Die beiden linken Fahrspuren sind für den Verkehr gesperrt, aber rechts fahren Autos Richtung Innenstadt. Gerrit kommt an einem weiteren Getränkestand vorbei; dahinter spielt eine sechsköpfige Schlagzeuger-Band mitreißende Rhythmen. Eine größere Gruppe Zuschauer hat sich hier eingefunden; jemand bläst fast ununterbrochen in eine Trillerpfeife.

Die beiden Männer und die Frau in Blau, nun wieder in Gerrits Sicht, winken den Zuschauern zu und scheinen sogar etwas auf deren Zurufe zu erwidern. Gerrit hingegen kann sich nicht entscheiden, ob er es gut finden soll, von wildfremden Leuten beim Laufen beobachtet und angefeuert zu werden, und hält den Blick geradeaus gerichtet. Bald muss auch das Kilometerschild 10 in Sicht kommen; das darf er nicht verpassen.

Während er noch darüber nachdenkt, hat er es auch schon erspäht. Im Vorbeilaufen stoppt er seine Zwischenzeit: Er ist seiner Zielzeit um genau zwei Minuten voraus. Das hebt seine Laune und versöhnt ihn mit der unangenehmen Laufstrecke. Er rechnet aus, dass er pro Kilometer zwölf Sekunden schneller gelaufen ist als normal. Das erscheint ihm in Ordnung; es ist nicht zu schnell, und sein Puls liegt richtig. Er fummelt eines der Energie-Gels aus seiner Gürteltasche, reißt die Verpackung auf und drückt es sich in den Mund, ohne dabei sein Tempo zu ändern. Das Gel schmeckt nach Apfel, gar nicht schlecht. Dann trinkt er seine erste Flasche leer. Als er sie in die Halterung am Gürtel zurückstecken will, hat sich irgendetwas verdreht. Er versucht es mehrmals, ruckt und zerrt an dem Gürtel – und wirft die Flasche schließlich fort.

Ein paar Minuten später hat er den Eindruck, dass der Gürtel nicht mehr richtig sitzt. Er drückt an der rechten Hüfte. Er zieht sein Hemd unter dem Gürtel zurecht, aber das Ding reibt trotzdem.

Das kann ja heiter werden. Immerhin hat er noch über dreißig Kilometer vor sich.

Dreißig Kilometer …! Das will er sich gar nicht genauer vorstellen.

Er korrigiert seine Armhaltung – den rechten Arm hat er mal wieder zu wenig gebeugt – dann achtet er darauf, die Knie mehr zu heben und leicht nach vorn geneigt zu laufen. Mit Genugtuung merkt er, dass es so besser geht; sogar sein Atem fließt leichter – na also. Wenn er so weitermacht, wird er die dreißig Kilometer auch noch gut hinter sich bringen. Dann kann ihm ein drückender Trinkgürtel nichts anhaben, und die Laufstrecke mag sein wie sie will.

Gerrit schrickt zusammen, als weiter vorn plötzlich ein Martinshorn aufheult. Ist jemand auf der Strecke geblieben? Er lauscht auf den unregelmäßig auf- und abschwellenden Ton, ohne einordnen zu können, ob er näher kommt oder sich entfernt. Dabei beschäftigt ihn die Frage, was er tun würde, wenn ein Läufer direkt vor ihm, zum Beispiel einer aus der blauen Dreiergruppe, plötzlich zusammenbräche. Würde er anhalten und sich um ihn kümmern? Würde er seinen Lauf, zumindest aber seine erhoffte Zielzeit, aufgeben, nur weil ein anderer schlapp macht?

Bloß nicht weiter darüber nachdenken. So etwas darf einfach nicht passieren.

Und wenn doch? Wenn es nun ein echter Notfall wäre? Vor Gerrits innerem Auge laufen Szenarien ab, die immer dramatischer werden; zum Schluss sieht er sich einen der Blauen reanimieren. Damit wäre sein Marathon gestorben.

Das Martinshorn verklingt in der Ferne. Gerrit atmet auf. Doch dann holen ihn die Gedanken an seine Arbeit wieder ein. Wann und warum hat es in seiner Laufbahn diesen folgenschweren Wendepunkt gegeben? Wie hat die Entwicklung begonnen, die aus ihm, dem engagierten angehenden Kinderarzt, einen verdammten Zyniker gemacht hat?

Und wo zum Kuckuck ist er diesem Kerl in Orange schon einmal begegnet? Im Studium war es vermutlich nicht. An seine Kommilitonen kann er sich entweder noch gut erinnern oder gar nicht mehr. Er muss ihm später begegnet sein. Vielleicht sogar erst während seiner Oberarztzeit, innerhalb der letzten drei Jahre, als seine Talfahrt schon längst begonnen hatte. War der Typ einer der Assistenzärzte, die er abgesägt hat? Er weiß es nicht.

Und an ein auslösendes Ereignis für die verhängnisvolle Entwicklung kann er sich auch nicht erinnern. Es muss einen unmerklichen Beginn gegeben haben, eine schleichende Veränderung … einen langsamen Sieg tausender frustrierender Erlebnisse über die Freude an seiner Arbeit. Vermutlich hat ihn der ganz normale Krankenhausalltag nach und nach kleingekriegt, hat ihn zermürbt und zerfressen.

Spätestens in seinem dritten oder vierten Jahr in der Klinik hat ihn jedenfalls die Realität eingeholt und seinem Weltenretter-Idealismus den Garaus gemacht: Statt unzähliger Möglichkeiten gab es nur unzählige Überstunden, für die ihm nie einer gedankt geschweige denn etwas dafür bezahlt hat. Statt Sorgfalt und persönlichem Einsatz waren eine möglichst straffe Zeitplanung und ein reibungsloser Arbeitsablauf gefragt. Statt seine Fähigkeiten entfalten zu können, sah er sich von einer wachsenden Flut bürokratischer Aufgaben überrollt und von Kleinkrämerei und geistiger Enge erstickt. Sein Chef war nie zufrieden zu stellen. Und dann war er

auch noch so naiv, einige seiner Kollegen für Freunde zu halten – bis er merkte, dass sie nur auf ihren eigenen Vorteil bedacht waren, hinterhältig und intrigant.
Wenn er wenigstens zu Hause Ruhe und Ausgleich gefunden hätte! Aber stattdessen bekam er auch noch von Tanja Druck: Er sei immer nur bei der Arbeit. Er nehme sich nicht genug Zeit für sie. Wie er es sich unter diesen Umständen vorstelle, eine Familie zu gründen? Die Kinder in der Klinik seien ihm wohl wichtiger als eine eigene Familie. Undsoweiter. Gerrit wird schlecht, wenn er an die Diskussionen und gegenseitigen Vorwürfe zurückdenkt.
Damals war er nicht nur bedrückt, sondern gleichzeitig insgeheim auch erleichtert, als sich bei Tanja keine Schwangerschaft einstellen wollte. Sie merkte ihm seinen Zwiespalt natürlich an. Und er stürzte sich noch mehr auf seine Arbeit und flüchtete sich in die Klinik: um ihrer Enttäuschung und ihren Anklagen zu entgehen. Und vielleicht auch, um an seinen Patienten wenigstens ein Stück weit gut zu machen, was ihm bei eigenen Kindern versagt war.
Gerrit schrickt aus seinen Gedanken hoch, als neben ihm plötzlich ein Hupkonzert ausbricht. Unwillkürlich hält er nach einem Hochzeitsauto Ausschau, nach einer mit Blumen geschmückten Motorhaube, scheppernden Blechdosen und weißen Schleifen. Und plötzlich steigt

Wut in ihm auf – dasselbe Gefühl maßloser Erbitterung, das sich schon damals seiner bemächtigt und ihn innerlich zerfressen hat, ganz gleich, wie sehr er auch versucht hat, mit übergroßem Einsatz dagegen anzuarbeiten.

Wozu um alles in der Welt hat er sich tagein tagaus für die Kinder fremder Leute abgerackert, für verwöhnte Prinzessinnen von Eiskunstläufer-Eltern im Förderwahn; für die rotzfrechen Gören dummdreister Besserwisser, die schon bei der Aufnahmeuntersuchung mit ihrem Anwalt drohten; für die vernachlässigten Blagen von Proleten, bei denen sowieso jede Mühe vergeblich war? Warum konnte jeder Vollidiot heiraten, eine Familie gründen und Kinder bekommen – nur er und Tanja nicht?

Die Huperei auf der rechten Straßenseite lässt nicht nach, und auf einmal wird Gerrit klar, dass es hier gar keinen Hochzeitskonvoi zu sehen gibt, sondern dass das Hupen ihm und den anderen Läufern gilt. Die Dreiergruppe in Blau läuft noch im selben Abstand vor ihm; einer von ihnen winkt den Autofahrern mit seiner Schirmmütze zu. Gerrit dagegen ärgert sich über die Huperei. Besser hätten diese Idioten einen Umweg fahren sollen, als die Laufstrecke mit ihren stinkenden Abgasen zu verpesten. Im nächsten Moment stolpert er auch noch über eine leere Trinkflasche, die irgendein

anderer Läufer fallen gelassen haben muss, und kommt vollends aus seinem Rhythmus.
Warum musste er auch ins Grübeln geraten? Er weiß doch genau, dass das nichts bringt außer schlechter Laune. Und überhaupt liegt diese elende Lebensphase längst hinter ihm. Jetzt sind andere Zeiten angebrochen.
Andere Zeiten … angebrochen …
Die Worte lassen ihn nicht los; etwas klingt in ihm nach. Dann fällt es ihm plötzlich ein: Hatte er nicht direkt nach dem Start dieses ganz tiefe Gefühl eines Aufbruchs, eines Neubeginns?
Gerrit versucht, sich den Start noch einmal zu vergegenwärtigen, dem Gefühl nachzuspüren, das ihn gleich nach dem Loslaufen ergriffen hat – und auf einmal hat er es wieder. Das Gefühl formt sich zu einem Gedanken, einer Erkenntnis: Dieser Marathon ist für ihn ein persönlicher Neubeginn, sein Start in ein neues Leben. Er ist unterwegs und läuft anderen Zeiten entgegen, einer besseren Zukunft.

Dreizehn Kilometer hat Gerrit sich nun schon in Richtung Zukunft bewegt.
Der dumme Gürtel drückt zwar noch immer, aber dafür ist er jetzt auf weniger als zehn Meter an die Dreiergruppe in Blau herangekommen. Er kann die Aufschrift auf ihren T-Shirts lesen: „Run for Fun." Darunter ist ein

gelber Smiley aufgedruckt. Sowas Albernes. Aber wenn die's brauchen ...

Die Laufstrecke auf der Hildesheimer Straße geht nun langsam ihrem Ende entgegen; Gerrit kennt diese Ecke aus Studienzeiten. Jetzt läuft er an der Gilde-Brauerei vorbei, wo es trotz Sonntagsruhe nach Hefe riecht, und am ersten Versorgungspunkt, an dem es nicht nur Getränke, sondern auch etwas zu essen gibt. Er widersteht der Versuchung, sich ein Stück Banane zu nehmen; er hat nie ausprobiert, während eines Laufes etwas zu essen; also lässt er es auch jetzt lieber. Außerdem will er keine Zeit verschwenden, sondern versuchen, die Blauen einzuholen. Den nächsten Kilometer verbringt er mit konzentriertem Laufen und kommt der Gruppe Schritt für Schritt näher.

Dann endlich ist die Stelle erreicht, an der die Hildesheimer Straße auf den Aegidientorplatz mündet. Gerrit läuft in der vor ihnen liegenden Rechtskurve von innen an die Blauen heran; kreuzt dann direkt hinter ihnen nach links und schiebt sich in der nun folgenden Linkskurve an ihnen vorbei. Run for fun! Geschafft! Gerrit grinst in sich hinein, ohne die anderen anzusehen, und freut sich über diesen kleinen Sieg und darüber, dass der am wenigsten schöne Abschnitt der Strecke nun hinter ihm liegt.

Jetzt geht es am Opernhaus vorbei und dann direkt

durch die Fußgängerzone in Hannovers Innenstadt. Schon von Weitem weht Gerrit Musik entgegen, rhythmisches Trommeln und Sambaklänge. Die Laufstrecke in der Georgstraße ist am Café Kröpcke mit Zäunen abgesperrt; rechts und links stehen viele Menschen, winken und klatschen, schwenken Fahnen und halten Plakate in die Höhe. Gerrit liest „Lauf, Papa, lauf" und „Erika, du schaffst es!"
Drei sommersprossige Kinder mit roten Haaren, ganz eindeutig Geschwister, lehnen sich über den Zaun, das jüngste von ihnen auf dem Arm des Vaters, und strecken den Läufern ihre Hände zum Abklatschen entgegen. Gerrit zögert zu lang und ist vorbei, ehe er selbst einschlagen kann.
Ein Läufer vor ihm wirft den Zuschauern seine leere Trinkflasche zu. Dabei fällt Gerrit ein, dass er eben an Kilometer fünfzehn vorbeigelaufen ist, ohne etwas zu trinken. Er holt es nach und merkt beim Zurückstecken der Flasche, wie sehr der Gürtel an seiner rechten Hüfte scheuert. Das muss er unbedingt beheben; immerhin liegen noch siebenundzwanzig Kilometer vor ihm, die er nicht mit blutig aufgeriebener Haut verbringen will. Vorsichtig löst er den Klettverschluss und stellt den Gürtel neu ein.
Im nächsten Augenblick fährt er zusammen. Jemand überholt ihn gerade von links, und es ist niemand an-

ders, als der Mann mit dem orangen Shirt und dem Bürstenhaarschnitt. Gerrit sieht sein Profil und seine Nickelbrille – und weiß schlagartig, wer er ist.
Jochen Enders. Lenas Vater. Der Mann mit der Gandhi-Brille, den grauen Haaren und dem anklagenden Blick aus dunklen Augen. Letztes Jahr hat er Gerrit wochenlang bis in seine Alpträume verfolgt – unglaublich, dass er ihn nicht sofort erkannt hat. Dabei war er es, der Gerrits schon Jahre zuvor begonnene Talfahrt jäh beendet und sein Scheitern besiegelt hat.
Oh nein, nicht der! Nicht jetzt! Das darf einfach nicht wahr sein.
Aber es besteht kein Zweifel.
Ob der ihn auch erkannt hat?
Er ist nun bereits drei, vier Meter weiter vorn, hat sich nicht umgedreht und wahrscheinlich sein Gesicht beim Überholen gar nicht gesehen. Genau so muss es gewesen sein, überlegt Gerrit: Während er selbst, um seinen Gürtel richtig einzustellen, nach unten rechts geschaut hat, ist Jochen Enders von hinten links gekommen … Er konnte ihn also gar nicht erkennen … Aber warum um Himmelswillen muss der ausgerechnet heute ebenfalls Marathon laufen und ihm seinen Start, seinen Neubeginn, seine Zukunft vermiesen?
Nein. Du wirst mir gar nichts vermiesen.
Gerrit strafft sich, atmet tief durch. Er wird sich seinen

Lauf nicht verderben lassen und schon gar nicht seinen Start in ein neues Leben. So eine unsinnige Befürchtung ...! Er wird sich jetzt auf seinen Lauf konzentrieren, auf seine Armhaltung, die schon wieder ergonomisch ungünstig ist, und auf seine Schritte ...

Welch ein Zufall überhaupt, Jochen Enders gerade hier zu treffen. Hat er damals erwähnt, dass er läuft? Wahrscheinlich nicht. Sicher nicht. In den Gesprächen, die sie geführt haben, ging es um Leben und Tod; da redet man nicht über Hobbys. Oder hat er erst nach Lenas Tod mit dem Laufen angefangen? Aber wenn ein Kind gestorben ist, hat man anderes im Kopf, als mit einer neuen Sportart zu beginnen. Wenn ein Kind stirbt, ist es das Schlimmste, das Schrecklichste, was einem im Leben ... Wie lang ist das jetzt überhaupt her? Lena ist Ende Juni letzten Jahres gestorben. Er hat das Datum noch im Kopf und rechnet nach: es war vor genau zehn Monaten und sieben Tagen. Er hat danach noch einmal mit Jochen Enders gesprochen ... konnte dessen Verzweiflung kaum ertragen ... Ein weiteres Gespräch hat er am Telefon abgeblockt.

Verdammt, Gerrit, deine Armhaltung ist total daneben. Und du reißt dich jetzt zusammen, konzentrierst dich auf das Laufen und lässt dich nicht wieder von den Blauen mit ihren dämlichen Run-for-Fun-Smileys einholen.

Gerrit spürt die Gruppe geradezu im Nacken und ver-

bringt die nächsten Minuten damit, seinen Vorsprung zu sichern. Aber nun empfindet er es als unangenehm, die drei hinter sich zu wissen.
Besser wäre es jetzt, jemanden zu haben, der ihn mitzieht.
Aber natürlich auf keinen Fall Jochen Enders. Der ist nun schon fast zehn Meter voraus und vermutlich nicht mehr einzuholen. Umso besser, soll er doch möglichst schnell verschwinden. Aus seinem Blickfeld. Und aus seinem Leben.
Das hat er wahrhaftig stark genug überschattet. Wozu hat Gerrit sich denn während seiner sechswöchigen Reha nach dem Zusammenbruch wieder und wieder damit beschäftigt? Warum hat er vor dieser Psychologin sein halbes Leben ausgebreitet? Jedenfalls nicht, damit er sich ausgerechnet heute von seiner Vergangenheit einholen lässt. Die ist verdammt noch mal abgeschlossen.
Ab-ge-schlos-sen, ab-ge-schloss-sen, denkt Gerrit im Takt seiner Schritte.
Das orange T-Shirt ist gerade hinter einer Biegung verschwunden; die Blauen ahnt er hinter sich. Der Trinkgürtel drückt noch immer.
Abgeschlossen – das Wort könnte auch bedeuten: weggesperrt. Hat er seine Vergangenheit bisher nur weggesperrt? Ausgeblendet?

Gerrit biegt an der nächsten Straßenecke um die Kurve und weiß schon vorher, dass er gleich erschrecken wird, wenn das orange T-Shirt wieder vor ihm auftaucht, vielleicht in etwas größerer Entfernung, aber unübersehbar. Und gleichzeitig wird ihm klar, dass die Erinnerung an Jochen Enders und seine Tochter nicht mehr weggesperrt ist und seine Vergangenheit nicht abgeschlossen.
Statt einer besseren Zukunft entgegen zu laufen, hat er sich von der Vergangenheit einholen lassen.

Lena Enders. Vier Jahre alt war sie damals; Gerrit weiß ihr Geburtsdatum auf den Tag. Jetzt wäre sie fünf. Wenn sie noch leben würde. Wenn es nicht diese Aneinanderreihung von Fehleinschätzungen und Unterlassungen gegeben hätte, für die er als Oberarzt letztlich die Verantwortung trug.
„Sie hatten die Verantwortung."
Genau diesen Satz hat Jochen Enders zu ihm gesagt. Es war einer der letzten Sätze, die sie miteinander gewechselt haben. Und obgleich dieser Satz am Telefon ausgesprochen wurde, hat Gerrit noch heute Jochen Enders' Gesicht vor Augen, blass und gequält, und diesen verzweifelten Blick aus dunklen Augen hinter runden Brillengläsern.
Aber ich bin nicht schuld an Lenas Tod, denkt Gerrit.

Es war eine Verkettung tragischer Umstände, in die er, zugegeben, verwickelt war, aber Schuld – nein. Die ärztliche Schlichtungsstelle hat ihm zwar eine Teilschuld an der Verzögerung der Diagnostik gegeben, und dafür hat er, verdammt noch mal, eine nicht unerhebliche Summe bezahlt. Aber Lena wäre mit großer Wahrscheinlichkeit auch gestorben, wenn er schneller reagiert hätte. Ihr Tod war nicht zu verhindern. Es gibt sie immer wieder, diese schweren, rasant verlaufenden Fälle bei einer Meningokokkeninfektion; es war schließlich nicht das erste Mal, dass er so einen Fall erlebt hat, wirklich nicht. Genau das hat er damals auch zu Jochen Enders gesagt, nachdem er Lena auf die Intensivstation verlegt hatte.

Jochen Enders läuft jetzt etwa zwanzig Meter vor ihm her; Gerrit starrt auf sein knalloranges T-Shirt. Es zieht seinen Blick an, ob er es will oder nicht. Sie sind jetzt in der Celler Straße; es ist eine lange, gerade Strecke. Jochen Enders wird so schnell nicht aus seinem Blickfeld verschwinden.

Und obwohl Gerrit sich nichts mehr wünscht, als ihn los zu werden, empfindet er es dennoch als zermürbend zu erleben, wie sich der Abstand langsam, ganz langsam vergrößert. Er kann das Tempo nicht mithalten, will es auch gar nicht – und trotzdem: Es ist, als würde Jochen Enders ihm mit seinem Davonlaufen Schritt für Schritt

Energie entziehen. Die Sekunden und Minuten verstreichen in Zeitlupentempo, dehnen sich zu einer halben Ewigkeit – dann endlich findet seine Qual eine kurze Unterbrechung, als Lenas Vater an einer großen Kirche nach links einbiegt.
Unwillkürlich verlangsamt Gerrit sein Tempo, bloß um den Moment hinauszuzögern, in dem er das grelle T-Shirt wieder vor sich haben wird. Er versucht, ein Gefühl für sein eigenes Tempo zu bekommen. Doch bevor es ihm auch nur ansatzweise gelingt, in seinen Rhythmus zurückzufinden, muss er ebenfalls abbiegen – und da ist Jochen Enders wieder vor ihm, allerdings deutlich weiter entfernt als zuvor. Gerrit weiß nicht, ob ihn der vergrößerte Abstand eher erleichtert oder beunruhigt.
So oder so kommt er mit seinen Gedanken nicht von Lena los.
Nein, er hätte ihren Tod wahrscheinlich nicht verhindern können. Aber er hätte mehr auf Draht sein müssen. Und diesem Idioten von Assistenzarzt – wie hieß er noch gleich? Genau: Lichtenberg, Peer Lichtenberg – dem hätte er besser auf die Finger schauen sollen. Er hätte sofort mit ihm zusammen zu Lena gehen müssen.
Aber, verdammt, er wusste doch gar nicht, dass ihre Mutter mit ihr schon länger als eine Stunde auf die Aufnahme gewartet hatte!
Und außerdem muss man von einem Assistenzarzt er-

warten können, dass er sich zunächst eigenverantwortlich ein Bild von einer Neuaufnahme macht. Das ist ja wohl nicht zu viel verlangt! Der Lichtenberg hätte zu einer fachlich begründeten ersten Einschätzung kommen und sie ihm als Oberarzt zügig mitteilen müssen. So und nicht anders hätte das laufen müssen.

Aber der Lichtenberg hat von Anfang an alles verbockt; er hat Lenas Aufnahmeuntersuchung hinausgezögert. In der Mittagsbesprechung hat er sie nicht vorgestellt, und dann hat er auch noch die Warnsymptome eines beginnenden septischen Schocks übersehen.

Die Erinnerung an das Bild des todkranken Mädchens raubt Gerrit für einen Augenblick fast den Atem; nur mühsam verdrängt er die aufsteigenden Bilder, während der Groll auf Lichtenberg in ihm anschwillt und ihm auf den Magen drückt – ein altbekanntes Gefühl, das er monatelang und zum Schluss vergeblich mit Medikamenten bekämpft hat.

Wenigstens hat der Lichtenberg es im Nachhinein kapiert, überlegt Gerrit weiter; jedenfalls hat er seine Stelle gekündigt. Und wenn er keine andere gefunden hat, ist das vermutlich nur gut für die Allgemeinheit. Man muss nicht jeden unfähigen Assistenzarzt mitschleppen.

Doch Lena und ihren Eltern ist dadurch auch nicht geholfen.

Wo steckt Jochen Enders überhaupt? Gerrit hat ihn aus den Augen verloren. Der Lauf geht durch die Liststadt; hier sind die Straßen eng und verzweigt, und vermutlich ist er nun schon zwei Häuserecken weiter. Gerrit atmet auf. Vielleicht kann er jetzt endlich die Gedanken an Lena zum Abschluss bringen und sich wieder auf den Lauf konzentrieren. Er fühlt sich noch immer aus der Bahn geworfen und kann sein Tempo nicht einschätzen. Sein Puls liegt knapp oberhalb des Zielbereiches. Das lässt darauf schließen, dass er weiterhin ein wenig schneller als gewohnt gelaufen ist.

Bei Kilometer zwanzig sieht Gerrit auf die Uhr: 1:46:57. Seine geplante Zielzeit hat er nicht mehr im Kopf – aber dafür hat er sich ja den Merkzettel präpariert. Nun liest er nach: 1:47:43. Er ist also tatsächlich noch immer schneller als geplant – ein gutes und beruhigendes Gefühl nach seiner zermürbenden Begegnung mit Jochen Enders.

Erst Minuten später wird Gerrit schlagartig klar, dass er sich verrechnet hat. Nach zehn Kilometern war er seiner Zielzeit um zwei Minuten voraus. Nun sind es nur noch ... Gerrit rechnet es zweimal nach ... 46 Sekunden. Sein Vorsprung ist zusammengeschmolzen, statt größer zu werden! Und das bedeutet nichts anderes, als dass er auf den letzten Kilometern deutlich langsamer geworden sein muss. Wie konnte das passieren? Und

warum ist sein Puls trotzdem schneller als normal?
Daran ist nur die Erinnerung an Lena schuld. Sie haftet an ihm, hält ihn zurück, zieht ihn nach hinten und nimmt ihm die Energie, seiner besseren Zukunft entgegen zu laufen.
Zu allem Überfluss drückt der Trinkgürtel immer stärker. Gerrit schluckt ein weiteres Päckchen Energie-Gel, trinkt seine zweite Flasche leer und lässt sie fallen, ohne erst zu versuchen, sie wieder in die Halterung zu stecken. Er spielt mit dem Gedanken, den Gürtel insgesamt einfach wegzuwerfen. Der schlaksige junge Mann im Ringel-Sweatshirt fällt ihm ein, der ihn am Start angesprochen hat und mit dem gleichen Gürtel unterwegs ist. Ob es ihm besser ergeht? Warum um Himmelswillen hat der Gürtel bei den Probeläufen nicht gedrückt? Was ist heute anders? Mittlerweile ist Gerrit sich nicht einmal mehr sicher, ob der Schmerz überhaupt von dem Gürtel kommt oder ob es sein Hüftgelenk ist, das weh tut.
Wie dem auch sein mag: Er muss sich jetzt unbedingt auf das Laufen konzentrieren; un-be-dingt, un-be-dingt, un-be-dingt. Die Arme besser anwinkeln, besonders den rechten, die Knie mehr hochnehmen, gleich-mäßig, gleich-mä-ßig – trotz der Schmerzen.
Wo Jochen Enders wohl ist? Ob er gut in der Zeit liegt? Denkt er beim Laufen an Lena?

Die Laufstrecke führt eine breite, gerade Straße entlang. Vor Gerrit sind mehrere Gruppen von Läufern und viele Einzelpersonen unterwegs. Ganz vorne geht es bergauf; das muss die Brücke über den Mittellandkanal sein – und dort glaubt Gerrit, das orange T-Shirt leuchten zu sehen. Kurz danach ist der Farbtupfer hinter der Anhöhe verschwunden.

Gerrit atmet auf und hat nun einen Blick für seine Umgebung: Zu seiner Linken stehen Reihenhäuser mit gepflegten Vorgärten; auf dem Gehweg haben sich Grüppchen von Zuschauern zusammengefunden. Vor einem der Häuser wird getrommelt und gepfiffen; ein Kind trötet lautstark mit einer Melodica, als er sich nähert – es soll wohl „Hänschen klein“ sein, doch die Melodie wird gleich darauf von der Ratsche eines anderen Kindes übertönt. Die dabeistehenden Erwachsenen lachen ihn an und skandieren einen Sprechchor: „Wei-ter, wei-ter, du hast jetzt schon die Hälf-te!“

Gerrit ist ihre lautstarke Begeisterung fremd und unangenehm. Er kennt diese Menschen doch gar nicht; warum stehen sie dort und feuern ihn an?

Trotzdem wirkt ihre Freude ansteckend; der Sprechchor begleitet ihn noch, als er ihn schon längst nicht mehr hören kann und trägt ihn die Brücke hinauf, die schon von Weitem zu sehen war.

Weiter, weiter, du hast jetzt schon die Hälfte ...
Nun überquert er den Mittellandkanal. Ein langer, flacher Lastkahn gleitet unter der Brücke hindurch. An einem Mast weht die deutsche Flagge; zwischen der Fahnenstange und dem Führerhäuschen ist eine Wäscheleine aufgespannt; eine rote Hose und ein langes weißes Hemd flattern im Wind. Gerrit sieht dem Schiff hinterher; es ist schnell; bald wird es die nächste Brücke erreichen, dann wieder die nächste ... und immer weiter, weiter ... du hast jetzt schon die Hälfte ...
Ich hätte den Leuten wenigstens zuwinken sollen, denkt Gerrit, als er die Reihenhaussiedlung und den Kanal längst hinter sich gelassen hat.

Es ist ein gutes Gefühl, trotz aller Schwierigkeiten die Hälfte geschafft zu haben. Bergfest nennt man das. Jetzt geht es bergab – sogar im wahrsten Sinne des Wortes, denn eben ist er die Brückenstraße hinunter gelaufen.
Wenig später geht es in umgekehrter Richtung die nächste Kanalbrücke wieder hinauf. Gerrit fällt ein, dass er das eigentlich schon aus der Routenbeschreibung wusste. Wenn er daran gedacht hätte, hätte er also von der ersten Brücke aus auf die zweite hinübersehen und dort vielleicht andere Läufer erkennen können, die schneller sind als er – zum Beispiel Jochen Enders.
Ob er ihn an seinem orangen T-Shirt erkannt hätte?

Nein, wahrscheinlich nicht: Als Gerrit von der zweiten Brücke aus zur ersten zurückschaut, kann er die anderen Läufer nur gerade eben als winzige bewegliche Punkte wahrnehmen. Trotzdem ist er mit seinen Überlegungen nun wieder bei Lena und ihrem Vater, und seine Gedanken, die noch immer um den Begriff „Bergfest" kreisen, nehmen unvermittelt eine andere Richtung: „Bergab" heißt auch Talfahrt, Niedergang, Niederlage …

Geht es bergab mit ihm? Noch tiefer als er schon war?

Ist es überhaupt möglich, einer besseren Zukunft entgegen zu laufen, wenn die Vergangenheit an ihm klebt wie zäher Schleim?

Aber ich bin auch zäh, denkt Gerrit. Ich laufe weiter – egal, ob in eine bessere Zukunft oder sonstwohin, Hauptsache ins Ziel. Die Hälfte habe ich schon geschafft. Über die Hälfte sogar. Also weiter, weiter! Und überhaupt kommt es gar nicht in Frage, sich von jeder Schwierigkeit sofort kleinkriegen zu lassen. Mit einer solchen Einstellung bringt man es im Leben nicht weit. Um Erfolg zu haben, muss man auch mal etwas durchhalten können.

Und genau das wird er tun. Damit kennt er sich aus, und zwar seit Jugendzeiten. Er hat noch die Stimme seines Vaters im Ohr: „Wenn du etwas wirklich willst, dann schaffst du es auch."

Dieser Spruch gilt auch für einen Marathonlauf; er gilt

überhaupt für jede Lebenslage. Man muss etwas nur wirklich wollen, dann lässt man sich nicht unterkriegen. Auch nicht von der eigenen Vergangenheit – oder von einem drückenden Trinkgürtel, wenn noch zwanzig Laufkilometer vor einem liegen. Genau das würde sein Vater wahrscheinlich zu dem Thema sagen.

Aber Gerrit hat seinen Eltern nichts von seinem Lauf erzählt. Wären sie stolz auf ihn, wenn sie davon wüssten? Er stellt sich vor, wie es wäre, wenn sie hier stünden und ihn anfeuerten. Unwillkürlich lässt er den Blick schweifen: Er läuft die Vahrenwalder Straße hoch, die ähnlich breit und belebt ist wie die Hildesheimer. Viele Zuschauer stehen am Straßenrand … Aber nein: Auch wenn seine Eltern ab und zu zum Einkaufen nach Hannover kommen – in diese Gegend würden sie sich nicht verirren. Und das ist vermutlich auch besser so. Sonst müsste er ihnen nachträglich erklären, warum er Zeit hatte, für einen Marathon zu trainieren. Und das ist genau die Art Gespräch, die er seit Monaten vermeidet. Sein letztes Telefonat mit seinem Vater – er hat ihn von der Reha-Klinik aus zum Geburtstag angerufen – liegt nun auch schon wieder einige Wochen zurück, und obwohl er eigentlich alle Zeit der Welt für seinen Vater gehabt hätte, hat er Eile vorgetäuscht und das Gespräch beendet, bevor sein Vater dazu gekommen ist, ihn zu fragen, wie es ihm geht.

Nun bedauert Gerrit auf einmal, dass er seinen Eltern nichts von dem Marathon erzählt hat. Vielleicht wäre das ein guter Anknüpfungspunkt für ein Gespräch gewesen: Ich bin zwar in einer Sache gescheitert, aber – seht her! – ich gebe nicht auf. Und ich habe Euren Spruch immer noch im Hinterkopf: Wenn du etwas wirklich willst, dann schaffst du es auch.

Während Gerrit weiterläuft – durch die Liststadt, durch Vahrenwald, durch die Nordstadt, weiter, weiter – und versucht, seine Schmerzen und alle Bedenken auszublenden, überlegt er, welche Schwierigkeiten er schon überwunden und was er im Leben erreicht hat.

Schon als Schüler hat er Zielstrebigkeit und Durchhaltevermögen bewiesen: Als sich in der neunten Klasse sein Berufsziel Arzt immer mehr herauskristallisierte, hat er sich erst in den Fremdsprachen und später auch in anderen Fächern auf eine Eins oder Zwei hochgekämpft, um einen der heißbegehrten Medizinstudienplätze zu bekommen. Während des Studiums hat er sich, um Geld zu verdienen, unzählige Nächte mit Sitzwachen am Bett schwerkranker Patienten um die Ohren geschlagen. Und trotzdem hat er alle Prüfungen auf Anhieb bestanden. Es hat ihn einiges gekostet – unter anderem sein liebstes Hobby: Klavierspielen. Aber das war es ihm wert. Später hat er es geschafft, sich eine Doktorarbeit in der Kinderheilkunde zu sichern und diese unter unzähligen Schwierigkeiten innerhalb kurzer Zeit fertigzustellen. Ihm wird jetzt noch schlecht, wenn er an seinen Wettlauf mit der Zeit denkt, an durchgearbeitete Nächte und an Tage, an denen er die Augen kaum noch offenhalten konnte und trotzdem funktionieren musste, an nervenaufreibende Streitigkeiten mit anderen Doktoranden und Wissenschaftlern – und an die zermürbenden Auseinandersetzungen mit seiner damaligen Freundin, die schließlich in einer Trennung endeten. Und dennoch hat er durchgehalten und sein Ziel nie aus den Augen verloren. Schließlich hat er als einer der ganz Wenigen eine Stelle in der Kinderheilkunde ergattert, einem der meist umkämpften Fächer, zur Zeit der Ärzteschwemme. Da musste man noch vor den Chefärzten auf Knien rutschen, um überhaupt irgendeine Stelle zu bekommen. Aber er hat es geschafft. Hat die Facharztausbildung an zwei großen Kliniken absolviert, die Prüfung bestanden und, wiederum gegen harte Konkurrenz und zahlreichen Widerständen zum Trotz endlich eine Stelle als Oberarzt bekommen. Das soll ihm erst mal einer nachmachen!

Da wäre es doch gelacht, wenn er ausgerechnet an seinem Marathon scheitern sollte. Er wird ihn durchhalten – und zwar sogar in der Zeit, die er sich vorgenommen hat. Wozu hat er sonst monatelang lang Tag für Tag und bei Wind und Wetter die Trainingspläne durchgezogen, seinen inneren Schweinehund überwunden, Lauftagebuch geführt, sportmedizinische Bücher gewälzt, sich mit dem neuesten und besten Equipment ausgestattet und seine Ernährung umgestellt? Jedenfalls nicht, um jetzt das Handtuch zu werfen. Nein. Er ist gut vorbereitet, und wenn er von seinem zu schnellen Start absieht, liegt er mit den Zwischenzeiten gut. Er muss einfach nur den Gedanken ausblenden, dass er schneller hätte sein können. Drei Stunden dreißig – das war ein Wunschtraum. Er hat auf drei fünfundvierzig trainiert, und genau das wird er auch schaffen.

Bei Kilometer dreißig erlebt Gerrit jedoch eine herbe Enttäuschung: Er ist seiner geplanten Zwischenzeit hinterher, und zwar sogar um fast vier Minuten. Unglaublich! Er vergleicht dreimal die abgestoppte Zeit mit den Zahlen auf seinem Notizzettel – aber es ist eindeutig: Er hat vier Minuten verloren. Sogar mehr als vier Minuten, wenn man bedenkt, dass er seiner Zielzeit am Anfang deutlich voraus war. Das hätte ihm einfach nicht passieren dürfen. Er muss jetzt genauer auf seine Zwischenzeiten achten und auf seinen Laufstil. Nur nicht noch langsamer werden. Dann ist der Lauf immer noch in drei Stunden fünfzig zu schaffen.
Vielleicht sogar schneller, wenn er wieder etwas Tempo gibt.

Gerrit versucht es – und muss sich nach kurzer Zeit eingestehen, dass es nicht geht. Er kommt außer Atem, sein Puls ist zu schnell, und seine Beine fühlen sich hart und schwer an … ganz abgesehen von den quälenden Schmerzen in der rechten Hüfte, die ihn bereits dazu bringen, ungleichmäßig aufzutreten. Vermutlich spürt er deshalb jetzt auch noch sein linkes Knie. Von einem flüssigen Laufstil kann keine Rede mehr sein.

Gerrit vermindert sein Tempo wieder.

Aber bloß nicht noch langsamer werden! Er will es in weniger als vier Stunden schaffen … zumindest das … das muss einfach zu schaffen sein.

Er versucht, jetzt ganz genau auf seine Bewegungen zu achten, besonders auf seine Schritte – gleichmäßig, gleichmäßig – und auf seinen Atem. Es fällt ihm schwer, sich nicht ablenken zu lassen. Die Enttäuschung über die verlorene Zeit, die Angst, sein selbstgestecktes Ziel nicht zu erreichen, und die Schmerzen in der Hüfte machen sich in ihm breit und überlagern alle anderen Gedanken. Zu allem Überfluss hört er nun auch noch Schritte hinter sich. Er blickt sich kurz um – und sieht die beiden Männer und die Frau mit den blauen Run-for-Fun-Shirts, die er in der Stadtmitte überholt hat. Sie sind nur wenige Meter hinter ihm.

Jetzt bloß nicht nachgeben. Das Tempo durchhalten.

Lass dich nicht einholen! Nicht von denen. Denk an

deine Armhaltung. Und die Knie etwas mehr heben, du schlurfst ja schon fast!

Die Schritte kommen trotzdem näher. Die Gruppe ist direkt hinter ihm – und bleibt ihm auf den Fersen. Gerrit bemüht sich, sie zu ignorieren. Aber auf seinen Laufstil kann er sich nun gar nicht mehr konzentrieren. Ihm kommt der Gedanke, dass die anderen ihn von hinten beobachten. Bestimmt registrieren sie genau, ob er gleichmäßig läuft oder nicht, und analysieren sein Bewegungsmuster daraufhin, ob er müde wird. Wahrscheinlich warten sie nur auf einen Einbruch von ihm, wollen ihn mit dieser Taktik zermürben, zur Verzweiflung treiben … und ihn dann überholen.

Aber er wird dieses Spiel nicht mitmachen. Er wird einfach sein eigenes Tempo, seinen eigenen Stil weiterlaufen, egal, was sie tun. Und deshalb wird er jetzt auf sein persönliches Notfallprogramm umschalten: Wenn es mit der Konzentration auf seinen Laufstil nicht mehr klappt, muss er sich eben vom Laufen ablenken, und zwar mit Liedtexten. Dem Alphabet nach. Das hat ihn bei seinem Dreißigkilometerlauf auch über die letzten Kilometer gerettet.

A wie „Am Brunnen vor dem Tore." Wie seltsam, dass ihm gerade dieses alte Volkslied als erstes einfällt. Es war eines der Lieblingslieder seiner Großmutter. Bei ihr hat er die ersten kurzen Melodien auf dem Klavier gelernt. Nun trägt ihn die erste Strophe des Liedes im Takt seiner Schritte die große, breite Straße entlang, auf der die Strecke hier verläuft. Sie trägt den seltsamen Namen „Guts-Muths-Straße". Vielleicht ist das ja ein Ansporn: Nur Mut!

Und dann weiter mit B wie „Bunt sind schon die Wälder", wenn er schon bei Volksliedern ist. Zwar nicht ganz passend im Mai, aber immerhin fallen Gerrit dazu sogar zwei Strophen ein. Weiter, weiter, nur nicht nachlassen!

C wie „C-A-F-F-E-E". Erstaunlich, dass es überhaupt deutsche Lieder gibt, die mit dem Buchstaben C anfangen. In Gedanken singt Gerrit den Kanon zweimal durch – so ein idiotischer Text! – und seine Füße klopfen den Takt auf den Asphalt. Gleichzeitig kann er nicht anders, als auf die Schritte der anderen zu lauschen. Sie werden lauter. Kommen immer näher. Gerrit bringt den Text durcheinander.

D wie „Der Mai ist gekommen" … Verdammt, jetzt kann er sogar schon den Atem seiner Verfolger hören. Die Bäume schlagen aus. Sie kommen näher. Da bleibet wer Lust hat … Er spürt die anderen neben sich … mit Sorgen zu Haus … sie überholen ihn … verflucht, Gerrit, lauf!

Aber er kann nicht schneller. Die drei schieben sich Schritt für Schritt an ihm vorbei, und er kann rein gar nichts tun: Der Abstand vergrößert sich unerbittlich. Es ist genau wie zuvor mit Jochen Enders, nur dass Gerrit dieses Mal alles daran setzt mitzuhalten. Sein Puls rast, es rauscht in seinen Ohren – aber seine Beine machen nicht mit. Er fühlt sich wie in einem seiner Alpträume, in denen er versucht, vor jemandem oder vor etwas zu fliehen: Er rennt und rennt und tritt doch nur auf der Stelle, kommt einfach keinen Schritt voran. Es ist zum Verzweifeln.

Jetzt sind die Drei schon fünf Meter voraus – und als ob das nicht genug ist, schiebt sich in diesem Augenblick noch ein weiterer Läufer an ihm vorbei. Gerrit hat ihn nicht kommen gehört, aber nun erkennt er ihn wieder: Es ist der schlaksige Junge mit den unpraktischen Klamotten, der ihn am Start nach dem Trinkgürtel gefragt hat. Leider erkennt er Gerrit ebenfalls und grüßt ihn mit einer Handbewegung. Gerrit nickt zurück und hofft, dass der Junge ihm nicht ansieht, dass er kurz davor ist loszuheulen.

Das hätte ja gerade noch gefehlt.

D wie „Der Mai ist gekommen“ noch einmal von vorn. Konzentrier dich verdammt noch mal auf den Text, Gerrit: Wie die Wolken nun wandern … am himmlischen Zelt …

Run for Fun …! Blutiger Anfänger in Jogginghose …! Warum haben die es besser drauf als er?

Die gelben Smileys auf den Run-for-Fun-Shirts grinsen Gerrit an, bis die vier Läufer im Schatten einer Eisenbahnunterführung verschwinden.

E wie „Ein feste Burg ist unser Gott." Gerrit ist darauf gekommen, weil er gerade an der Lutherschule und der Lutherkirche vorbeigelaufen ist. Aber er kriegt den Text nicht zusammen. Dann eben F wie ... Friedhof. Gerrit läuft direkt an der Mauer des Nicolaifriedhofs entlang. Dahinter stehen riesige, uralte Bäume, deren Art Gerrit nicht einordnen kann; auch ein paar hohe Grabsteine werden sichtbar. An der Straße entdeckt er ein Verkehrsschild: „Achtung, Altenheim".

Altenheim und Friedhof, denkt Gerrit, wie zynisch. Da haben die Alten gleich ihr Ende im Blick, wenn sie aus dem Fenster schauen. Memento mori.

Und wenn er selbst heute sterben müsste? Was hätte er dann erreicht? Hätte er sein Leben so verbracht, wie er es sich gewünscht und vorgestellt hatte?

Ein Leben als Oberarzt in einer einigermaßen großen und angesehenen Kinderklinik.

Super, Gerrit, und was hast du nun davon? Von aller Mühe, allem Durchhalten, allem Kampf und Krampf? Gescheitert bist du. Ein gescheiterter Oberarzt einer einigermaßen großen und angesehenen Kinderklinik. Na toll!

F wie Friedhof. G wie Gerrits Grabstein. Aufschrift: H wie „Hat sich immer bemüht." I wie … wie … igitt. Ekelhaft.
Nein, Gerrit. Dein widerlicher Zynismus macht alles noch schlimmer. Hör endlich auf, dich noch mehr runter zu ziehen. F wie „Freude schöner Götterfunken". So muss man denken.
Gerrit zwingt sich, die Ode an die Freude im Geist zu rekapitulieren: Tochter aus Elysium … wir betreten feuertrunken … Himmlische, dein Heiligtum … Wie geht es weiter? Gerrit kommt nicht darauf. Zum Kuckuck mit der Freude! Dann eben nicht. Dann eben G wie „Guten Abend, gute Nacht."
Das Lied reicht knapp bis zur nächsten Ecke. Gerrit läuft am Kilometerschild 33 vorbei. Dann biegt er nach links auf die Nienburger Straße. Aus der Routenbeschreibung weiß er, was er nun vor sich hat: Es geht im Zickzack durch die Herrenhäuser Gärten. Eigentlich eine schöne Etappe, die schönste überhaupt: kein Verkehr, viel Grün, Frühlingserwachen direkt am Wegesrand … Aber er muss nun eine Strecke von zwei Kilometern dreimal hin und her laufen; allein die Vorstellung ist schon zermürbend.
Von hier aus kann er die Läufer sehen, die vor ihm sind und einen Teil des Zickzacks schon hinter sich haben, einen Typen mit Netzhemd, Schirmmütze und Sonnen-

brille zum Beispiel. Er läuft in entgegengesetzter Richtung im Georgengarten, durch eine Allee und die Straßenbahnlinie von Gerrit getrennt. Bald werden ihm auch die Blauen und der Junge entgegen kommen.

Auf einmal fühlen sich Gerrits Beine an wie zwei Zementsäcke, dick und schwer. Bei jedem Schritt durchzuckt ihn der Schmerz in der rechten Hüfte und im linken Knie; Gerrit stöhnt auf, als er noch einmal versucht, den Sitz des Trinkgürtels zu korrigieren. Er trinkt einen Schluck Wasser aus seiner dritten Flasche – bei Kilometer dreißig hat er es vergessen – und zieht sein vorletztes Päckchen Energie-Gel hervor. Seine Finger sind geschwollen und steif; er bekommt es kaum auf – und dann fällt es ihm herunter. Einen kurzen Moment zögert er, dann läuft er weiter. Jetzt bloß keine Unterbrechung; er muss unbedingt im Rhythmus bleiben.

Es kostet ihn einige Überwindung, das letzte Energie-Päckchen im Gürtel stecken zu lassen. Es ist für die allerletzten Kilometer bestimmt, seine eiserne Reserve.

Er versucht es noch einmal mit Liedtexten, kann jedoch seine Gedanken nicht zusammenhalten, vergisst immer wieder, bei welcher Strophe und welchem Vers er gerade war. Schließlich klammert er sich daran, im Takt seiner Schritte zu denken: Was ich will, das schaf-fe ich … Was ich will, das schaf-fe ich …

Über dreiunddreißig Kilometer hat er schon geschafft.
In den Büchern steht, dass man die letzten Kilometer nur noch mit dem Kopf läuft.
Noch neun Kilometer! Das ist wenig im Vergleich zu der schon zurückgelegten Strecke – und unendlich weit, wenn man Beine hat wie Zementsäcke und Schmerzen, die kaum noch erträglich sind.
Wie lange gilt es durchzuhalten – und wenn es auch nur um des Durchhaltens willen ist?
Wie lange sollte man an einem Ziel festhalten?
Wann ist der Preis zu hoch, den man dafür zahlen muss?
Wann ist es besser aufzugeben?
Seine Oberarztstelle hat er vor vier Monaten gekündigt, aus der Reha heraus. Obwohl ihm alle davon abgeraten haben: sein Anwalt, sein Finanzberater und sogar die Psychologin in der Klinik, die sonst immer versucht hat, ihm Mut zur Veränderung zu machen. Aber für ihn war es kein überstürzter Entschluss, sondern nur die letzte Konsequenz. Mit dem Kündigungsschreiben hat er besiegelt, was längst schon klar war: dass es kein Zurück gab. Und dass der Preis, den er bezahlt hatte, längst über das Maß des Erträglichen hinausgegangen war.
Dennoch hat es wehgetan, dieses letzte Eingeständnis seines Versagens. Das Treffen mit seinem Chef, um den Auflösungsvertrag zu unterzeichnen, hat ihn um Wochen zurückgeworfen, wieder an den Rand des Ab-

grunds gebracht, aus dem er gerade mühsam empor geklettert war. Und wenn er zu dieser Zeit nicht das Laufen für sich wiederentdeckt hätte – wer weiß, wo er gelandet wäre.

Schon allein deshalb muss er jetzt durchhalten. Also weiter, weiter. In einiger Entfernung glaubt Gerrit, die Gruppe in Blau mit ihren Run-for-Fun-Smileys zu erkennen, die nun also schon im Georgengarten ist und ihm entgegenkommt. Der Junge mit der unmöglichen Jogginghose und dem Ringel-Sweatshirt ist auch noch dabei. Gerrit versucht, sie nicht zu beachten. Er will sie nicht sehen. Er will überhaupt gar nichts mehr sehen, er will es nur noch schaffen.

Will. Will. Will.

Die letzten Kilometer läuft man nur noch mit dem Willen, heißt es.

Und wenn ich nicht mehr will?

Gar nicht mehr?

Gerrit erschrickt über den Gedanken, obwohl er ihm doch so vertraut ist. Es gab Zeiten, da lagen Schlaftabletten in seiner Nachttischschublade und mehrere Ampullen Insulin im Kühlschrank. Im vergangenen Jahr hatte er die Packungen unzählige Male in der Hand: Sie waren sein letzter Ausweg, letzte und zutiefst einschneidende Möglichkeit, über sich selbst und das eigene Leben zu bestimmen.

Erst vor kurzem hat er sich sicher genug gefühlt, die Medikamente endlich wegzuwerfen, zusammen mit Betablockern, Schmerzmitteln, Magentabletten und einer Reihe anderer Arzneien. Seither hat er geglaubt, die dunkelsten Phasen seines Lebens hinter sich zu haben. Nicht zuletzt das Laufen hat ihn darüber hinweggerettet.

Aber was geschieht, wenn er nun auch noch an dem Marathon scheitert? Weil sein Wille zum Durchhalten nicht stark genug ist. Oder weil der Spruch seines Vaters ganz einfach falsch ist und es Dinge gibt, die nicht dem eigenen Willen unterliegen.

Wird ihm dann nie wieder etwas gelingen?

Einmal gescheitert, immer gescheitert – ist es so?

Gerrit wird plötzlich der Hals eng; er schnappt nach Luft und stößt einen Fluch aus, der wie ein heiseres Krächzen klingt.

Verdammt, Gerrit, du bist ein alter Jammerlappen, und jetzt reißt du dich zusammen, sonst kannst du gleich alles hinschmeißen. Arme anwinkeln, gleichmäßig atmen, weiter laufen.

Gerrit zählt seine Schritte. Bei dreißig hat er seine Atmung wieder einigermaßen unter Kontrolle. Bei fünfzig setzen Seitenstiche ein, die ihn fast zerreißen. Er läuft trotzdem weiter. Ohne zu wissen, warum und wozu und was ihn noch hält.

Der Spruch wirkt nicht mehr. Es gibt keinen freien Willen – und auch keinen Weg aus Schuld und Verstrickungen der Vergangenheit.

„Sie hatten die Verantwortung“, hat Jochen Enders zu ihm gesagt – und er hatte recht. Gerrit hat versagt. Er trägt die Hauptschuld an Lenas Tod. Sie wäre vielleicht zu retten gewesen, wenn er von Anfang an richtig reagiert hätte. Wenn er aufmerksamer gewesen wäre und sich gleich um sie gekümmert hätte.
Aber der Lichtenberg, dieser Mistkerl ... aber nein, hör endlich auf, dir selbst was vorzulügen und anderen die Schuld in die Schuhe zu schieben! Du weißt doch genau, wie es ist, wenn man als junger Assistenzarzt in den Krankenhausalltag hineingeworfen wird: Die Schwestern zerren einen hin und her: „Herr Doktor, Niklas hat gerade zum dritten Mal gebrochen!“ und „Sie müssen bis halb zehn noch Blut bei Jan abnehmen“ und „Darf Yasmin heute schon aufstehen?“ Gleichzeitig ruft das Labor an und gibt wichtige pathologische Befunde durch. Die Visite muss durchgezogen werden – aber bitte unbedingt bis halb zwölf, sonst gibt's Ärger mit dem Pflegepersonal; außerdem ist um zwölf Ärztebesprechung. Im Ultraschall wartet eine Mutter mit ihrem Sohn auf eine Untersuchung. Eine andere hat sich hintenherum an der Stationsschwester vorbeigeschlichen

und verlangt auf der Stelle eine ausführliche Auskunft über Diagnose, Therapie und Prognose ihres Kindes – am besten gleich auch noch inklusive Erziehungs- und Ernährungsberatung. Und dann sitzt da in irgendeinem Zimmer noch eine Mutter mit ihrer kleinen Tochter, die aufgenommen werden muss, Lena heißt sie … Und die Zeit tickt, und alles ist dringend und schreit nach Erledigung.

In diesem Moment kommt dann auch noch der immer unzufriedene und leicht aufbrausende Oberarzt auf die Station und verlangt einen lückenlosen und gleichzeitig knappen, fachlich fundierten und nach Prioritäten geordneten Lagebericht – und wehe, es entsteht der Eindruck, dass auf der Station nicht alles so läuft, wie es sollte. Dann gibt es Ärger. Denn der Oberarzt hat mindestens genauso viele Aufgaben am Hacken und ist womöglich noch viel überforderter als der junge Kollege. Er ist ihm nur ein paar Jahre voraus, in denen seine Maske, hinter der er Erfolgsdruck, Überarbeitung, Selbstzweifel und Enttäuschung verbirgt, immer undurchdringlicher geworden ist. Aber er sitzt am längeren Hebel. Und das nutzt er aus und lässt es seinen Assistenten spüren.

Widerlich. Und ein Teufelskreis: Je weniger Gerrit sich selbst in dieser Rolle leiden konnte, desto mehr mussten die anderen dafür büßen. Besonders Lichtenberg.

Dessen Karriere ist wahrscheinlich beendet. Durch Gerrits Schuld.

Aber viel schwerer wiegt Lenas Tod.

Er hätte sofort zusammen mit Lichtenberg zu ihr gehen müssen. Oder ihn wenigstens in der Mittagsbesprechung ausreden und Lena vorstellen lassen sollen. Er hätte seine Unerfahrenheit mit einkalkulieren müssen. Er hätte die Besprechung abbrechen und Lena ansehen sollen. Hätte, hätte, hätte.

Stattdessen hat er Lichtenberg ignoriert, ihn in der Besprechung nicht für voll genommen, ihn heruntergeputzt und gedankenlos und unflexibel an dem Zeitplan festgehalten, den er sich zurechtgelegt hatte.

Bis es zu spät war.

Er hat Lena noch genau vor Augen: ein todkrankes kleines Mädchen mit leerem Blick aus trüben Augen und einer schnellen, flachen Atmung, die Hände eiskalt und schlaff auf der weißen Bettdecke, in der Haut schon die ersten Einblutungen, Anzeichen für eine schwere Gerinnungsstörung und das drohende Organversagen …

In Gerrit krampft sich alles zusammen bei der Erinnerung. Er spürt noch einmal das Entsetzen, das sich damals seiner bemächtigt hat, krümmt sich unwillkürlich und presst die Arme an den Körper. Die Qual der Erinnerung und die körperlichen Schmerzen verschmelzen und werden fast unerträglich … Gerrit stolpert …

taumelt … fängt sich wieder … läuft weiter … läuft weiter … läuft weiter … merkt kaum, wie er in den Georgengarten einbiegt.

Damals konnte er mit seiner Therapie dem fulminanten Verlauf der Erkrankung nur noch hinterherrennen. Er erinnert sich noch genau an die Hektik auf der Intensivstation, als das Isolierzimmer in aller Eile freigemacht werden musste; an den Angstschweiß auf seiner Stirn, als er es erst beim zweiten Versuch geschafft hat, Lena den Tubus zur Beatmung zu legen … an seine zitternden Hände beim Abhorchen … die Erleichterung darüber, dass beide Lungenflügel belüftet waren … seine Anordnungen zur Therapie, während seine oberärztliche Kollegin noch dabei war, einen zentralen Venenkatheter richtig zu platzieren … fieberhafte Berechnungen von Dosierungen …

Und dann war da auf einmal Lenas Mutter, die sich hereingedrängt hat und hysterisch schluchzend im Zimmer stand, bis endlich eine Schwester frei war und sie wieder hinausführte. Kurz darauf hat er den assistierenden Pfleger angebrüllt, der ihm eine falsche Ampulle gereicht hat. Die Erleichterung, die das Schreien und der schnelle Beginn der Therapie ihm verschafften, war nur von kurzer Dauer … schon waren die nächsten Entscheidungen zu treffen, Entscheidungen auf Leben und Tod … ein Wettlauf gegen die Zeit.

Und dann das Gespräch mit den Eltern ... Lenas Mutter verzweifelt weinend, ihr Vater äußerlich gefasst und verständig. Viel zu verständig, viel zu gefasst.
Gerrit hat viele Erklärungen abgegeben und versucht, ermutigend zu klingen, während er selbst bereits keinen Mut mehr verspürte.
Kaum eine Stunde später musste er Lenas Beatmung intensivieren und die Dosis der kreislaufstabilisierenden Medikamente erhöhen.
Gegenüber Jochen Enders hat er alle Möglichkeiten angesprochen, hat sich herangetastet an den vielleicht tödlichen Ausgang ... und konnte dem verzweifelten Blick aus dunklen Augen kaum standhalten.
„Bitte helfen sie ihr, Herr Doktor."
„Ich tu, was ich kann, das verspreche ich Ihnen."
Dabei hatte er das Versprechen schon lange zuvor gebrochen.
Lenas Mutter im Hintergrund, weinend.
Er ist aus dem Zimmer geflüchtet.
Er hat um Lenas Leben gekämpft – aber es war vergeblich.

Einige Tage später wurden am Telefon die vier Worte gesprochen: „Sie hatten die Verantwortung."
Gerrit hätte es ertragen, wenn Jochen Enders ihn in wilder Wut und Verzweiflung angeschrien hätte. Dann

hätte er ebenfalls einen Grund zum Schreien gehabt. Aber diese klare und sachliche Benennung der Tatsachen war nicht auszuhalten. Er konnte Lenas Eltern nicht mehr gegenübertreten. Er weigerte sich, sie noch einmal zu treffen, ließ sich von der Stationsschwester verleugnen.

Kurz darauf ging der Fall an die ärztliche Schlichtungsstelle. Dann kamen die Gespräche und der Ärger mit seinem Chef und der Verwaltung. Die Suche nach einem Anwalt. Die Angst, dass es zu einer Gerichtsverhandlung kommen könnte. Die Wut auf Lichtenberg. Magenschmerzen. Schweißausbrüche. Alpträume.

Jochen Enders. Ein Gerichtssaal. Die Gandhi-Brille. Ein anklagender Blick aus dunklen Augen.

Lena – tot.

Sie hatten die Verantwortung.

Sie hatten die Verantwortung.

Sie hatten die Verantwortung.

Gerrit hört ein heiseres Aufschluchzen und merkt verspätet, dass er es selbst ist, der weint. Tränen kommen nicht, wahrscheinlich ist er zu ausgetrocknet, doch das Schluchzen schüttelt ihn; er muss würgen, japst nach Luft; sein Atem pfeift, es flimmert vor seinen Augen. Der Weg und die Bäume rechts und links verschwimmen und weichen zurück.

Warum musste es so kommen, warum nur?

Weshalb hat er der Entwicklung nicht entgegen gewirkt – von Anfang an?
Er hätte vor Jahren schon die ersten Alarmsignale seiner Überarbeitung beachten müssen. Er hätte auf Tanja hören und sich mehr Zeit für ihr Privatleben nehmen sollen. Er hätte die innere Einstellung zu seinem Beruf hinterfragen müssen: sowohl seinen übertriebenen Einsatz am Anfang als auch seine später zunehmende Gleichgültigkeit. Als Arzt darf einem nicht alles egal werden! Er hätte Urlaub nehmen, in der Arbeit eine Veränderung erzwingen und nicht zuletzt auch seine eigenen überhöhten Ansprüche herunterschrauben müssen. Alles, alles wäre besser gewesen als weiterzulaufen in diesem Hamsterrad, Tag für Tag, Monat für Monat, Jahr für Jahr. Er hätte es anhalten müssen, das Rad, und abspringen!
Aber er ist nicht abgesprungen. Er hat weitergemacht und seinen menschlichen und ärztlichen Niedergang zugelassen – solange bis es zum Tod einer kleinen Patientin gekommen ist. Und dann war er auch noch zu feige, offen zuzugeben, dass er schuld hatte, ganz allein er. Stattdessen hat er Peer Lichtenberg ans Messer geliefert und Lenas Eltern mit ihrer Verzweiflung und Trauer allein gelassen.
Gerrit hört sich selbst schluchzen und lässt es geschehen. Er weint um Lena, die seinetwegen sterben muss-

te, um ihre Eltern, die er allein gelassen hat, um Peer Lichtenberg, den er verraten hat – und um sich selbst und alles, was er verloren hat. Auch um Tanja weint er, die ihm nicht mehr helfen konnte, als Lena gestorben war, weil ihre Liebe schon längst erloschen und ihre Trennung nur noch eine Frage der Zeit war.

Wäre sie bei ihm geblieben, wenn er damals seiner Verzweiflung hätte Ausdruck verleihen können?

Irgendwann merkt Gerrit, dass er noch läuft. Das Weinen hat aufgehört; er fühlt sich auf einmal innerlich leer. Aber die Schmerzen in der rechten Hüfte und im linken Knie melden sich wieder, so heftig, dass er ein Aufstöhnen nicht unterdrücken kann. Dennoch ist er in diesem Augenblick froh darüber, seinen Körper zu spüren. Und vielleicht ist der körperliche Schmerz überhaupt leichter zu ertragen als der innerliche …

Gerrit reibt sich die Augen; Bäume und Weg sind jetzt wieder deutlich. Er biegt um einen kleinen Pavillon herum nach links ab und kommt kurz darauf am Kilometerschild 37 vorbei. Noch 5,195 Kilometer, denkt er und ist froh, dass er diese Zahl ausrechnen kann. Er ist sich seiner selbst plötzlich nicht mehr sicher. Hat er eben wirklich geweint? Beim Laufen? Ihm ist, als wäre er gerade aus einem Traum erwacht oder aus einer Art Trance; kann sich an die Strecke in den letzten Minuten nicht erinnern und sieht sich nun nach allen Seiten um,

als müsste er sich vergewissern, dass er wirklich unterwegs ist und sich auf dem richtigen Weg befindet.
Erst jetzt wird ihm bewusst, dass etliche Zuschauer am Rand der Laufstrecke stehen. Haben sie ihn weinen gesehen? Was mögen sie bei seinem Anblick gedacht haben?
Egal. Er kann es sowieso nicht mehr ändern. Gar nichts ist an der Vergangenheit zu ändern. Sie ist, wie sie ist, und man trägt sie als Last mit sich herum, ein Leben lang.
Und eigentlich hat er das immer gewusst. Die Medikamente, die er immer häufiger und in immer höheren Dosierungen geschluckt hat, waren nur vorübergehend hilfreich, um ihn eine kurze Zeit darüber hinwegzutäuschen und um auszublenden, dass er bereits auf dem Weg zum Abgrund war.
Der Weg endete schneller als erwartet. Eines Tages hatte er auf der Rückfahrt von der Arbeit einen Unfall: Eingeschlafen und gegen eine Mauer gefahren; zum Glück gab es keine weiteren Verletzten. Er landete mit dem Verdacht auf ein Schädelhirntrauma im Krankenhaus. Da kam alles nach und nach heraus. Diagnosen: Akuter Erschöpfungszustand, Medikamentenabhängigkeit, Burnout-Syndrom. Eine Verlegung in die Psychiatrie konnte er gerade noch verhindern. Bei Kollegen scheut man vor solchen drastischen Maßnahmen zurück.

Vielleicht ist das auch ein Grund dafür, überlegt Gerrit jetzt, dass überdurchschnittlich viele Ärzte es schaffen, sich das Leben zu nehmen.
Aber er hat es nicht fertiggebracht. Es gab Augenblicke, in denen er sich deswegen noch mehr verachtet hat als ohnehin schon.
Warum hat er es nicht getan? Was hat ihn am Leben gehalten?
Er kann es nicht sagen. Wahrscheinlich gibt es so etwas wie einen Selbsterhaltungstrieb, der erstaunlicherweise auch dann noch wirkt, wenn einen die Last und die Schuld der Vergangenheit erdrücken und alles andere verloren ist, selbst der letzte Rest an Anstand und Menschlichkeit.
Der letzte Rest ... verloren ist oder verloren scheint?
Die Frage kommt Gerrit wichtig vor, aber er kann den Gedanken nicht auf den Punkt bringen. Vor allem deshalb nicht, weil die Bäume auf der anderen Seite des Grabens, an dem er gerade entlangläuft, alle schräg stehen. Das war doch eben noch nicht so, oder? Er kneift die Augen zusammen – die Bäume sind wieder gerade. Wie seltsam.
Verloren ... Verloren ... den letzten Rest ... von was nochmal?
Die Bäume stehen wieder schräg, und Gerrit erkennt auf einmal, dass der Graben daran schuld ist: Er kann

jeden Augenblick der Länge nach aufbrechen, und dann stürzen die Bäume auf der anderen Seite alle ab.

Nein. So ein Unsinn. Lass dich nicht reinlegen, Gerrit, nicht von denen!

Gerrit kneift die Augen wieder zusammen, um auszuprobieren, ob er damit die Stellung der Bäume beeinflussen kann – da schrickt er heftig zusammen: Er ist mit einem anderen Läufer zusammengestoßen, den er gerade eingeholt hat, ohne es überhaupt zu merken. Sie geraten beide ins Stolpern; Gerrit greift nach dem Arm des anderen, halb, um ihn vor einem Sturz zu bewahren, halb, um sich selbst abzufangen. Einen Augenblick lang starren sie einander an. Im Gesicht des anderen spiegeln sich Erschrecken, Erschöpfung und Schmerz. Seine Augen sagen: Ich kann nicht mehr. Gerrit antwortet ebenfalls mit den Augen: Ich auch nicht. Dann merkt er, dass er den anderen noch immer festhält. Er löst seinen Griff und läuft weiter; der andere bleibt hinter ihm zurück.

Wo war er mit seinen Gedanken stehen geblieben? Gerrit ist, als hätte er vor dem Zusammenstoß etwas Wichtiges gedacht. Aber jetzt entgleitet es ihm; das Gesicht des anderen hat ihn aufgestört. Er schaut sich um. Zu seiner Erleichterung läuft der Mann weiter. Dann fällt ihm plötzlich ein, dass er sich hätte entschuldigen müssen.

Oh nein, Gerrit, wie konntest du einfach weiterlaufen? Wenn der Mann sich bei dem Zusammenstoß verletzt hat …! Und was sollte der Schwachsinn mit den Augen? Wie soll der Mann Deinen Blick verstehen können? Du hättest was sagen müssen!

Gerrit blickt noch einmal zurück. Nein, es sieht nicht so aus, als ob der Mann verletzt wäre. Er läuft weiter, mit müden Schritten, aber einigermaßen gleichmäßig. Gerrit hebt in einer entschuldigenden Geste die Hände – jedenfalls hofft er, dass der andere die Geste als Entschuldigung anerkennt.

So ein idiotischer Vorfall. Aber immerhin ist Gerrit jetzt wieder bei wachem Verstand. Er biegt um eine Ecke – und der letzte Teil des Zickzacks im Georgengarten beginnt. Hier gibt es keinen Graben, und die Bäume zeigen zum Glück keine Neigung, ihre Stellung zu verändern – und da fallen ihm auch die Gedankenfetzen wieder ein, nach denen er gesucht hat.

Verloren. Anstand und Menschlichkeit. Entschuldigen.

Ist es möglich, sich für den Tod eines Kindes zu entschuldigen?

Wohl kaum. Selbst wenn das einen Rest Anstand und Menschlichkeit erkennen lassen würde, lautet die Antwort: Nein. Das ist unentschuldbar.

Ist es dann wenigstens möglich, mit dieser Schuld weiterzuleben?

Es gibt ja keine andere Möglichkeit, denkt Gerrit nüchtern. Ich kann mir nicht das Leben nehmen … und wahrscheinlich will ich das auch gar nicht mehr. Aber ich will auch nicht in endloser Verzweiflung leben …

Will. Will. Will.

Wie war das noch gleich? Die letzten Kilometer läuft man nur noch mit dem Willen.

Das hatten wir schon mal.

Ist das Leben ein endloser Kreislauf?

Nein, das ist ein platter Spruch, Gerrit. Streng deinen Verstand an und denk nach!

Kann es so etwas wie Versöhnung geben? Eine versöhnliche Haltung, die es ermöglicht … ermöglicht … mit der eigenen Vergangenheit zu leben … einigermaßen gut zu leben … Aber wie?

Gerrit läuft an einem Teich vorbei, über eine kleine Holzbrücke, unter den Ästen einer Trauerweide hindurch, und seine Füße klopfen im Takt: aber wie, aber wie, aber wie. Seine Hüfte tut weh. Und das Knie. Aber das ist nicht wichtig. Hauptsache grün. Der Georgengarten ist grün. Frühlingsgrün. Neubeginngrün. Grün wie die Hoffnung.

Doch dann weicht das Grün auf einmal zurück und lässt ihn auf einer Straße allein, grau und nüchtern. Gerrit ist enttäuscht. Gerade hat er angefangen, das Neubeginnhoffnungsgrün schön zu finden.

Ist es möglich, einfach einen anderen Weg zu nehmen? Hin zum Grün, zur Hoffnung, zur Versöhnung, zu einem echten Neubeginn?

„He … alles klar?"
Gerrit schrickt auf, blickt in ein verschwitztes, rundes Frauengesicht mit dunklen, freundlichen Augen und braucht endlose Sekunden, um zu begreifen, dass die Läuferin an seiner Seite eine Antwort von ihm erwartet.
„Alles klar?", wiederholt sie. „Du bist gerade Schlangenlinien gelaufen."
„Das … hab ich gar nicht gemerkt." Seine Worte kommen kratzig und verwaschen.
„Hast du noch was zu trinken?", fragt sie.
Er weiß es nicht. Greift wahllos nach einer der beiden Flaschen, die noch in seinem Gürtel stecken. Sie ist noch ganz voll. Er hält sie ihr hin.
Sie wehrt mit einer Handbewegung ab. „Nein, nein. Du sollst trinken!"
Er tut, was sie sagt, merkt jetzt erst, dass sich seine Zunge anfühlt wie ein ausgetrockneter, verschrumpelter Waschlappen. Anscheinend hat er während der letzten Kilometer völlig vergessen zu trinken. Er schluckt gierig, verschüttet einen Teil, muss sich zwingen, nicht alles auf einmal herunterzustürzen.
Die Läuferin ist noch immer an seiner Seite; Gerrit

fühlt sich beobachtet, aber das Trinken hat gut getan, seine Gedanken werden klarer. „Lauf mal dein Tempo; du bist schneller."
Sie zögert kurz, dann sagt sie: „Noch dreieinhalb Kilometer. Die schaffst du auch noch."
„Klar …"
„Na dann", sagt sie mit einem Lächeln und ist ihm schon einen Schritt voraus.
Er versucht nicht, sich an sie zu hängen. Beobachtet, wie sie sich langsam entfernt und wundert sich, dass es ihm nichts ausmacht. Im Gegenteil fühlt er sich plötzlich besser – und das liegt gewiss nicht nur an dem Elektrolytgetränk.
Er blickt der Frau hinterher: dunkler, buschiger Pferdeschwanz, breite Hüften … und da erkennt er sie wieder: Das ist die Läuferin, von der er am Start dachte, dass sie keine zehn Kilometer durchhalten würde.
„Tut mir leid", murmelt er und denkt dabei gleichzeitig an den Jungen in der zu weiten Jogginghose, dem er nicht zugetraut hat, den Marathon in vier Stunden zu laufen. Und er denkt an Jochen Enders – an ihn besonders. Und an Peer Lichtenberg. Und an zwei andere Assistenten. Und an Tanja. Aber bevor ihm noch mehr Menschen einfallen, denen er Unrecht getan hat, erinnert er sich plötzlich daran, was die Frau zuletzt gesagt hat: „Noch dreieinhalb Kilometer."

Ist er tatsächlich schon so nah am Ziel? Er sieht sich um: Den Georgengarten hat er längst verlassen, ist unter der Brücke einer Schnellstraße hindurch gelaufen und befindet sich nun in einem Wohngebiet. Ein Kilometerschild ist nicht zu sehen. An die Streckenbeschreibung kann er sich nicht mehr erinnern. Aber es stehen deutlich mehr Zuschauer am Straßenrand als zuvor.
Die Leute klatschen, als er vorüberkommt. Gerrit probiert aus, wie es sich anfühlt, wenn er sie ansieht und ein Lächeln versucht. Das Klatschen wird lauter; jemand bläst in eine Tröte, ein Kleinkind auf dem Arm der Mutter winkt ihm zu. Ohne zu zögern winkt er zurück, es geschieht ganz von selbst. Jetzt winkt die Mutter ebenfalls. Er hält das Bild der beiden noch lange in seinen Gedanken fest; es trägt ihn weiter, dämpft seine Schmerzen und mildert die Erschöpfung, die sich in ihm breitmacht.
Kurz darauf wird die Gegend noch belebter. Gerrit biegt aus einer Nebenstraße nach links auf die Königsworther Straße ab. Die Umgebung wirkt schon fast großstädtisch; die Zuschauer säumen die Laufstrecke nahezu lückenlos. Dann geht es auf eine vierspurige Straße. Eine Gruppe von Zuschauern empfängt ihn mit einem Sprechchor: „Wei-ter, wei-ter, du bist schon fast am Ziel!"
Das kommt ihm bekannt vor. Standen nicht genau diese

Menschen auch schon auf halber Strecke vor den Reihenhäusern? Jetzt sieht er auf und blickt geradeheraus in ihre fröhlichen Gesichter – und auf einmal dämmert es ihm: Es ist wahr. Er hat es wirklich bald geschafft. Und wie zum Beweis taucht in der Ferne hinter den Bäumen auf dem Mittelstreifen plötzlich die Rathauskuppel auf. Dort war der Start, und da ist auch das Ziel. Jetzt hat er es also schon direkt vor den Augen. Was er sich vorgestellt hat, bei seinem monatelangen Training, beim Start, unterwegs – nun wird es auf einmal zur Realität. Bald ist er am Ziel. Er wird es laufend erreichen; zwar nicht in der geplanten Zeit … aber … Gerrit zögert.

Da gibt es etwas, das ist ganz anders als in der Vorstellung, die er sich noch zu Beginn des Marathons von seinem Zieleinlauf gemacht hat – und das hängt nicht mit der erhofften Zeit zusammen. Es dauert etwa zweihundert Meter, bis er den Gedanken näher zu fassen bekommt.

Am Start war er allein. Er wollte nur für sich selbst laufen, alles allein schaffen. Jetzt aber läuft er nicht mehr nur für sich. Er läuft auch für diese Menschen, die da am Straßenrand stehen und ihm zuwinken. Er läuft für die Frau mit dem buschigen Pferdeschwanz und dem netten Lächeln und für den Jungen mit der unmöglichen Jogginghose, der denselben Trinkgürtel hat wie er. Und er läuft auch für Lena und für ihren Vater – für die bei-

den ganz besonders.
Sind diese Gedanken logisch? Gerrit weiß es nicht. Je länger er darüber nachdenkt, umso verwirrender kommen sie ihm vor. Aber trotzdem: Sie fühlen sich richtig an. Er läuft für diese Menschen. Und um ihretwegen will und wird er es schaffen.

Gerrit kommt an einem Kilometerschild vorbei und muss zweimal hinschauen, um wirklich zu begreifen, dass da „41“ steht. Die Laufstrecke führt in einem weiten Bogen nach links in die Innenstadt. Die Zuschauermenge am Straßenrand wird immer dichter. Sein Blick bleibt an einem Plakat hängen, das von zwei Frauen in die Höhe gehalten wird. Es zeigt einen riesigen Bierkrug mit weißer Schaumkrone; darunter steht: „Du schaffst es, Thomas!“ Erst als die Gruppe um das Plakat in lauten Jubel ausbricht, merkt Gerrit, dass er im Begriff ist, einen anderen Läufer einzuholen. Das muss Thomas, der Bierliebhaber, sein. Er winkt der Gruppe zu; sie feuern ihn noch lauter an. Als er vorbei ist, senken die Frauen das Plakat und geben den Blick in eine Nebenstraße frei.
Gerrit durchfährt es wie ein Schlag: Weiter hinten biegt gerade Jochen Enders um die Ecke! Er hat den Lauf schon beendet, trägt nicht mehr das orange T-Shirt, aber Gerrit ist sich ganz sicher, dass er es ist.

Bevor er überhaupt weiß, was er tut, hat er die Laufstrecke verlassen, hat sich an der Gruppe mit dem Plakat vorbei gedrängt, die erschrocken auseinandergewichen ist, und läuft auf die Stelle zu, an der er Jochen Enders gerade noch gesehen hat. Wo ist er jetzt?

Gerrit beschleunigt das Tempo, erreicht mit wild schlagendem Herzen die nächste Straßenecke, sieht Jochen Enders zwanzig Meter weiter vorn erneut abbiegen, also weiter, weiter!

Gerrit kommt ins Keuchen vom zu schnellen Laufen und vor Angst, Lenas Vater wieder zu verlieren; er muss ihn einfach einholen, er muss mit ihm sprechen, jetzt, sofort. Nun ist er an der Ecke … hat ihn fast erreicht … kann kaum noch weiter … ringt nach Luft …

„Herr Enders!" Gerrit muss zweimal rufen. Als er auf wenige Meter heran ist, dreht sich der andere endlich um. Gerrit fährt zusammen, stoppt mitten im Lauf, taumelt noch ein paar Schritte weiter …

Der Mann ist nicht Jochen Enders.

Er trägt zwar eine Gandhi-Brille und einen grauen Bürstenhaarschnitt und ist zweifellos der Läufer, den er am Start und unterwegs gesehen hat – das orange T-Shirt steckt im Netzfach seiner Sporttasche – aber sein Gesicht ist Gerrit völlig unbekannt.

„Ja bitte?"

„Ich … ich …" Gerrit bringt keinen Satz heraus, ist zu

atemlos, sprachlos, fassungslos. Ihm schießt durch den Kopf, dass er wahrscheinlich auch nicht wüsste, was er sagen sollte, wenn der Mann vor ihm Jochen Enders wäre. Aber nun ist seine Verwirrung noch viel größer, und die Enttäuschung raubt ihm den Rest Verstand, den er vielleicht hätte einsetzen können, wenn der Andere wirklich der Richtige gewesen wäre …

Der fremde Mann starrt ihn an, und sein Gesichtsausdruck wechselt von Erstaunen zu Erschrecken.

„Haben Sie etwa ihren Lauf abgebrochen? Weil Sie mich mit jemandem verwechselt haben?"

Gerrit nickt stumm.

Jetzt kommt der andere ins Stottern. „Aber … was … was wollen Sie jetzt machen?"

Gerrit muss einen Moment über die Frage nachdenken. Dann sagt er: „Ich werde den Richtigen suchen."

„Nein, nein … ich meine … Ihr Lauf …"

Mein Lauf, denkt Gerrit. Mein Lauf.

War das überhaupt sein Lauf, wenn er die ganze Zeit einem falschen Mann hinterhergerannt ist? Wenn er sich von falschen Erinnerungen hat einholen lassen?

Halt, denkt Gerrit. Die Erinnerungen sind nicht falsch. Es sind die seinen. Und der Lauf war und ist auch seiner, ganz und gar seiner.

Er sieht dem anderen ins Gesicht. „Ich laufe natürlich weiter."

Sein Gegenüber wirkt erleichtert. „Na dann … Viel Glück. Es ist ja nicht mehr weit."

„Nein", sagt Gerrit, „jetzt nicht mehr."

Trotzdem schafft er es kaum, sich wieder in Bewegung zu setzen. Seine Beine scheinen am Boden festgewachsen zu sein; er muss seine allerletzten Kraftreserven aufbieten, um überhaupt einen Fuß vor den anderen zu setzen. Aber er weiß nun ganz sicher, dass dies sein Lauf ist und dass er ihn beenden wird.

Und außerdem hat er eben selbst gesagt, dass es nicht mehr weit ist.

Gerrit bringt es fertig, wieder in Laufschritt zu verfallen. In seiner Hüfte explodiert der Schmerz, seine Wadenmuskeln fühlen sich an wie bei einem Krampf, er stöhnt bei jedem Ausatmen auf, kann es einfach nicht verhindern.

Die Zuschauer machen ihm wieder Platz, als er die Strecke an dem Punkt erreicht, an dem er sie vorhin verlassen hat; er registriert kaum, wie sie auseinanderweichen.

Ihm kommt sein letztes Päckchen Energiegel in den Sinn: Vermutlich ist es für genau diese Situation gedacht – aber um es zu erreichen, müsste er nach der Reißverschlusstasche am Trinkgürtel tasten, das Tütchen hervorziehen, es öffnen, zum Mund führen … Das ist ein zusätzlicher Kraftakt, den er nicht mehr aufbringt. Schon daran zu denken ist anstrengend; Gerrit verwirft die Idee, stellt überhaupt jeden konkreten Gedanken ein außer dem einen, dass er weiterlaufen will, weiter, weiter …

Und dann ist plötzlich Unruhe um ihn her, ein vielstimmiges Brausen, Klatschen, Hupen und Trillern … Musikfetzen wehen ihm entgegen und ein tiefes, rhythmisches Dröhnen von Bässen … Gerrit taucht wieder auf und kann kaum fassen, was er nun hört und sieht: Er ist auf der Zielgeraden. Vor ihm, zwar noch in der Ferne, aber schon deutlich sichtbar, ist die Ziellinie, mit einem bunten Transparent überspannt. Er hört eine Ansage aus einem Lautsprecher, die er nicht versteht; kurz darauf ertönt wieder Musik, wird nach und nach lauter, klangvoller, mitreißender … Und rechts und links der Strecke stehen dicht gedrängt Hunderte von Menschen oder sogar Tausende und winken, klatschen, rufen. Jetzt, da Gerrit aufschaut, werden dort, wo er gerade vorbeiläuft, das Klatschen und die Rufe noch lauter. Fremde Menschen sehen ihm ins Gesicht und feuern ihn an; Kinder lehnen sich über die Absperrung und strecken ihm die Hände zum Abklatschen entgegen … Gerrit schlägt ein und lacht sie an … ein Funke springt über … und auf einmal überflutet ihn ein ungeahntes Glücksgefühl, noch viel stärker als nach dem Start. Die Glückseligkeit ist kaum auszuhalten, es ist, als

müsste er gleich platzen … Und alle Erschöpfung und aller Schmerz werden unwichtig, sind schon fast vergessen … Gerrit läuft … lässt sich von der Menge tragen, weiter und weiter und weiter – bis ins Ziel.
Er hat es geschafft.

Gerrit läuft langsam aus und widersteht dem Verlangen, sich auf der Stelle hinzuwerfen, aber sogleich merkt er, dass auch das Stehenbleiben nicht gut ist. Es beginnt vor seinen Augen zu flimmern, also geht er einfach weiter, kann gar nicht anders, geht einige Male im Kreis und dann geradeaus in Richtung der Duschen und Umkleiden, und da sieht er die Frau mit dem buschigen Pferdeschwanz auf dem Boden sitzen, an die Absperrung gelehnt.
Sie lächelt breit, als er näherkommt. „Na, hast du´s auch geschafft?“ Es ist eine Feststellung, keine Frage.
Gerrit grinst zurück und findet keine Worte.
Sie schiebt sich eine Haarsträhne aus dem Gesicht und lächelt noch strahlender. Dann streckt sie ihm die Hände entgegen. „Kannst du mir bitte hochhelfen? Ich hätte mich nicht setzen dürfen …“
Er reicht ihr die Hände und hilft ihr auf. In schweigendem Einvernehmen geht er neben ihr her Richtung Umkleiden, versunken in Gedanken und Gefühle, die aus einer Mischung von Glück, Triumph und einer

grenzenlosen körperlichen Erschöpfung bestehen. Sogar ein bisschen Trauer ist dabei, stellt er mit leiser Verwunderung fest. Ein Ziel ist erreicht, und damit ist auch etwas zu Ende gegangen. Aber gleichzeitig spürt er, dass bei diesem Lauf auch etwas Neues begonnen hat.

Erst auf dem Heimweg fällt ihm ein, dass er vergessen hat, im Ziel auf die Uhr zu schauen.

Danksagung

Bei der Entstehung dieses Manuskripts standen mir viele Menschen mit Rat und Tat zur Seite:
Erika Staebe, Thorsten Ullrich und Karl Wolter haben mich als erfahrene Marathonläufer beraten und das Manuskript auf „sportliche Stimmigkeit“ überprüft.
Stefanie Eichel, Robert Kremer und Daniela Cromm von der eichels: Event GmbH haben mir telefonisch und per E-Mail unzählige Fragen rund um die Organisation des Hannover-Marathons beantwortet.
Susanne Lösche-Warnecke hat mich kinderärztlich beraten und mir geholfen, Lenas Geschichte zu konstruieren und das Manuskript von medizinischen Untiefen zu befreien. Hans W. Schünemann, Dorothea Schünemann und Nadine Dietz-Knöpel verdanke ich wertvolle inhaltliche und stilistische Kritik.
Marc Albrecht von 1-2-Buch hat mich unermüdlich bei meinen unzähligen Fragen zur Erstellung der Druckvorlage für das Buch beraten.

Nicht zuletzt gilt mein Dank meinem Mann Jens und unseren Kindern Christina und Matthias, die mich bei der Entstehung des Manuskripts mit liebevoller Kritik und Ermutigung begleitet haben und ungefähr hundert Ideen zur Gestaltung des Titelbildes mit mir durchgegangen sind, ohne die Geduld zu verlieren.

Euch und Ihnen allen danke ich sehr für die Hilfe!

Weitere Bücher von Ursula Wolter

Wohin die Wolken ziehen

Knaur-Taschenbuch, Dezember 2008

Roman, 300 Seiten, 7,95 €

ISBN 978-3-426-50058-3

Timona – Vom Witterwald in die Drachenstadt

Georg Olms Verlag, Hildesheim, März 2007

Für Kinder und Jugendliche ab 10 Jahren

Hardcover, 19,80 €

ISBN 978-3-487-08809-9

Das abenteuerliche Leben des Drachen Meris

Georg Olms Verlag, Hildesheim, März 2007

Für Kinder und Jugendliche ab 10 Jahren

Hardcover, 19,80 €

ISBN 978-3-487-08819-8

www.ursulawolter.de